— 書き下ろし長編官能小説 —

ぼくのふしだらバイト

九坂久太郎

JN047515

竹書房ラブロマン文庫

目次

この作品は、竹書房ラブロマン文庫のために
書き下ろされたものです。

第一章　全裸の面接試験

1

（これは……確かに酷《ひど》い映画だ。ネットの評判は正しかったか……）

下野孝道《しものたかみち》はズルズルと座席に身を沈める。思わず溜め息が漏《も》れそうになるのをぐっと堪《こら》えた。

周囲に視線を向ける。劇場内は、ゴールデンウィークも終わった五月の末とはいえ、驚くほどに空席が目立つ。まばらな観客たちに向かってむなしく輝くスクリーン。

（映画代、千五百円……ああ、もったいないことをした。仕事がなくなっちゃったからって、やけになるんじゃなかった）

大学二年生の孝道は、大学の近くにあるコンビニで、つい最近までアルバイトをしていた。週五でせっせと働いていたのだが、その店が急に潰れてしまったのだ。

競合店がすぐ近くに乱立していて、さらには長期化した景気の低迷のせいもあり、慢性的な赤字にとうとう耐えきれなくなったということらしい。

店長夫婦に泣きながら謝られたのが、今月の頭のこと。孝道は慌てて次の仕事を探したが、未《いま》だに見つかっていない。就活や卒業を理由に辞めていった大学生バイトの穴は、四月の間にすっかり埋まってしまったのだ。

(このまま無職が続いたら、下手《へた》したら後期の学費が……)

アルバイトで稼いだ金のほとんどは家に入れている。家は貧しく、多額の借金があった。父親はすでに亡くなり、母親と二人で細々と暮らしている。

無駄遣いが許されない状況で、それでも映画を観に来てしまったのは、この映画が、世間の底辺で苦しむ男の物語だったからだ。今の自分に似ている気がした。ネットでの評判は最悪だったが、それがまた反骨心を刺激した。僕ならこの映画の良さがきっとわかる——と。今にして思えば、やけくそになっていたのだろう。

(せっかくお金を払ったんだから最後まで観なきゃとは思うけど……正直、帰りたい。つまらなすぎる)

虚《うつ》ろな瞳でスクリーンを眺めていると、三列前に座っていたカップルがこそこそと退出していった。先を越されて、孝道は苦笑いを浮かべる。

次につまらないと思ったら自分も劇場を出ようと思った。そのとき、妙な囁き声が聞こえてきた。

『しっ、あまり声を出さないでください』

『ごめんなさい、でも気持ち良くって、つい……あ、んんっ』

後ろの方の席からだ。映画の内容にすっかりしらけていた孝道は、そちらに耳を傾《かたむ》ける。音響の切れ間に、微《かす》かな呻《うめ》き声のようなものが聞こえてくる。艶《なま》めかしい響きを帯びているような気がした。

ん、んっ……はぁん……く……うぅっ……。

（な、なんだ……なにをしてるんだ？）

孝道の席の周囲に他の客はおらず、聞こえているのはおそらく自分だけだろう。俄《が》然《ぜん》気になり、かがんだ状態でそっと座席を離れた。列の端まで移動する。

階段状の縦通路を這うように上っていくと、二列後ろの席に二人の女性を見つける。座席の陰に身を潜めつつ、息を殺して様子をうかがう。

最後列に近いその席には、スクリーンの明かりもさほど届いていない。それでも、並んで座る二人の女性の姿はちゃんと見て取れた。手前の方の彼女がなにをしているのかも。

三十代中頃と思われるその人は、清楚な雰囲気の、実にシックなデザインの衣服をまとい、一見するとどこかのセレブという感じだった。

そんな彼女が、フレアスカートの裾をはしたなくも腰までまくり上げ、露《あら》わになったコンパスを大股に開いている。

そして——左右の手は股間に潜《もぐ》り込み、なにやら妖しく蠢《うごめ》いていた。

孝道の場所からは、女の太腿《ふともも》に視線を遮《さえぎ》られ、股間に差し込まれた指がなにをしているのかはわからない。だが、容易に想像できた。

(オナニーしてるのか……こ、こんなところで……!?)

薄闇の中、スクリーンの仄《ほの》かな明かりで浮かび上がる悩ましげな眉間の皺《しわ》、艶《なま》めかしく微笑む唇。

耳を澄ませば、泥濘を掻《か》き混ぜるような淫音《いんおん》が聞こえてくるような気がする。

ゴクリと、孝道は唾《つば》を飲み込んだ。AVやネットのエロ動画では何度か見たことがあるが、こうして手淫に耽《ふけ》る女性を目の当《ま》たりにしたのは初めてである。

股間を軸に忙しく動く両腕、ヒクヒクと戦慄《わなな》く太腿に、孝道はすっかり見入っていた。秘部をいじっているであろう指先が見えないことが、男の情欲をさらにそそる。

もっと、もっとよく見たいと、つい身を乗り出してしまう――

自慰女の連れと思われる人が、ハッとしたようにこちらを見た。一瞬だが、スーツ姿のその女性と目が合った。

孝道はしゃがんだまま慌てて自分の席に戻る。やましいことをしていたのは向こうだが、孝道を見据えた女の視線の鋭さに心臓が激しく脈打った。

座席に身を沈めて息を殺していると、女が一人、あたふたと劇場内から出ていった。フレアスカートの人影。オナニーをしていた方の女だ。

（一人だけ？　もう一人の方は……？）

去っていく女を目で追っていると、不意に誰かに膝を叩かれる。

ギョッとして振り返ると、先ほど目を合わせてしまったあの女が、すぐそばに身をかがめていた。

「なっ……!?」

思わず声を上げそうになる。が、人差し指を口元に当てる仕草でシッと注意された。

女は今さらながらサングラスをかけ、素顔を隠していた。

座席の列の狭間《はざま》に身を隠しながら、女はスマホを取り出してメモアプリに文字を打ち込む。そして、その画面を孝道の目の前に突きつけた。

「ちょっと……！」


『写真か動画を撮った？』

ブンブンと首を振る孝道。すると、

『いい子ね。ご褒美《ほうび》をあげるから見なかったことにしなさい』

それから女はスマホをしまって、孝道の膝の間に潜り込んできた。

アッと思ったときにはファスナーを下ろされていた。孝道が唖然《あぜん》としている間に、ボクサーパンツの窓口から陰茎が引っ張り出される。

「ちょっと……！」

さすがに声を上げてしまい、何列か向こうの座席から、中年の男が振り返って睨みつけてきた。彼はこの映画を真剣に観ているのだろう。

孝道がぺこぺこと頭を下げている間にも、女は容赦なく陰茎をしごき始めた。三本の指でそっとつまみ、緩《ゆる》やかに摩擦《まさつ》する。さらには空いていた方の手で亀頭を揉《も》んでくる。

初めて異性から施《ほどこ》された愛撫は、実に巧みで、自分でいじるのとは別次元の愉悦《ゆえつ》がもたらされた。快美な感触に理性が痺《しび》れ、ここが映画館の劇場内であることも忘れそうになる。若茎がみるみる肥大していく。

見知らぬ女性に陰部を晒《さら》す羞恥心《しゅうちしん》も、今や官能を高ぶらせる要素となっていた。全身が燃えるように熱くなる。熱い血が股間に流れ込んでいく。

もはや止めようもなく、肉棒はついに完全勃起《ぼっき》を遂《と》げた。力感をみなぎらせ、雄々しく反《そ》り返《かえ》る。

「……っ!!」

女の目元はサングラスに隠されていたが、口をぽかんと開いた様《さま》は、孝道の勃起物に驚いているようだった。

その長さ、およそ十八センチ。

（こんなに大きくなったのは初めてだ）

孝道自身、大きい方だとは思っていたが、今日の息子はいつもよりさらに立派に見える。生まれて初めて異性に触れられたことで、牡《おす》としてのなにかが目覚めたのかもしれない。

そそり立つそれを、女は掌《てのひら》で包み込む。ぎゅっ、ぎゅっと、根元から先端に向かって柔らかく握る。雁首《かりくび》は特に念入りに。

それだけで膝が震えるほどの愉悦が込み上げた。やがて女は、張り詰めた男根の硬さに満足したように口角を吊り上げる。その口元を、青筋を浮かべる肉柱へと寄せていく。

まさか——と思ったときには、朱唇から滑《すべ》り出した女の舌が、竿の裏側をねろりと舐《な》め上げていた。さらに二度、三度と、繰り返し舌を這わせる。

（こ、これがご褒美っ……？）

当然のことながら人生初のフェラチオ体験だ。初めてエロ動画を観たときからずっと憧れてきた行為だが、ぬめりを帯びた舌粘膜による摩擦感は、童貞男子の想像を遥かに超えるものだった。

指とはまるで違う感触——温かくねっとりとしたものが張りついて、いろんな角度から竿を撫で上げてくる。ひと舐めされるごとに、ジンジンと痺れるような愉悦が肉棒に溜まっていった。

（ああ……こんな大人の女性にチ×ポを舐めさせているなんて）

今はサングラスをかけているが、先ほど目を合わせたときの印象だと、おそらく二十代後半くらいの女性だろう。なかなかに整った容貌だった気がする。

自分よりは十歳ほど年上でおまけに美人、そんな彼女に己《おのれ》の排泄《はいせつ》器官を舐めさせているという背徳感が、しかし、あらがいようもなく官能を揺さぶった。

そして彼女の舌がいよいよ裏筋に触れると、もはや申し訳ない気持ちなど一瞬で霧散した。硬く尖らせた舌先で、男の急所がチロチロとくすぐられる。

孝道は呻き声を漏らしてしまうのを必死に耐えた。代わりに、反り返った若茎がビクンと跳ね、鈴口から大粒のカウパー腺液が溢《あふ》れ出る。

それを見た女は、口元に淫靡《いんび》な笑みを浮かべると、亀頭の先に唇を当てた。キスをするみたいに、先走った透明な汁をチュッと吸い取り――それから唐突に太マラを咥《くわ》え込んだ。生温かく湿った空気が、張り詰めた亀頭にまとわりついてくる。

いよいよ本格的な口唇愛撫が始まった。女は唇をキュッと締めつけ、ゆっくりと首を振る。固すぎず緩すぎずの絶妙な弾力で肉竿がしごかれる。

（こ、これは……たまらないっ！）

ひとしきり竿を責めたら次は雁首だ。張り出したエラに唇の裏側をひっかけるようにして、小刻みな動きでくびれを摩擦された。裏筋には下唇がゴリゴリと当たる。

想像を超える愉悦に孝道は息を呑む。やがて朱唇はまた竿へ――。

始まったばかりなのに早くも射精感を自覚した。音を立てないようなスローなストロークにもかかわらず、強烈な肉の快感が、股間から腰を経て背筋を駆け上がる。そのうえ彼女は、咥えきれない巨砲の根元を指の輪っかでシコシコと擦《こす》り立てるのだ。

あと一、二分でイッてしまう！　孝道はわずかに残っている理性で考える。このまま続けさせていいのだろうか。まばらな客入りのおかげで、この座席を覗《のぞ》き込める位置には誰も座っていない。だが、それでも万が一ということがある。

もしも誰かに気づかれて騒ぎになってしまったら、映画館の職員に怒られるだけではすまないかもしれない。最悪、警察沙汰？　家にも連絡がいってしまう？

しかし、やめろとは言えなかった。かつてこれほどの性感を得たことはない。こんな体験は二度とできないかもしれないのだ。

微かな水音を立てて往復する朱唇。そこから漏れた唾液《だえき》が竿の付け根まで垂《た》れていき、指の輪の摩擦感をさらに甘美なものにする。

ドクドクとカウパー腺液が溢れ、射精のときはもはや待ったなしだった。孝道は歯を食い縛り、鼻息すらも必死に抑《おさ》えて女を見つめる。この切羽詰まった状態を目で伝え、彼女はそれに気づいた。

だが、愛撫の勢いは弱まらない。むしろ加速した。とどめを刺さんとばかりに。

（このまま出せっていうのか……!?）

一瞬、躊躇《ためら》いが生じたが、しかしもう限界だった。

まさにそのとき、劇場のスピーカーからシーンを盛り上げるための音楽が流れ始める。大音量に紛《まぎ》れさせて孝道は呻き声を漏らした。

（お……うううっ！）

女の口内に勢い良くザーメンをぶちまける。射精の発作は一度では終わらず、何度も腰が跳ねた。

もしも辺りに精液を撒《ま》き散らしてしまったら大変なことになる。匂いで気づく者も出てくるかもしれない。女は眉間にギュッと皺を寄せ、しかし唇はしっかりと閉じて一滴《いってき》も漏らそうとはしなかった。

やがて彼女は、口内を満たす大量のザーメンを少しずつ嚥下《えんげ》していく。喉《のど》の動く振動が肉棒に伝わってくる。

（く、口封じとはいえ、ここまでしてくれるなんて）

初めて飲んでもらった衝撃と感動を噛み締めながら、最後の精液を発射した。いつものオナニーよりもずっと長い絶頂感だった。静かに溜め息を漏らし、ぐったりと座席にもたれかかる。

女は竿を丹念にしごき、尿道に残っている最後の一滴まで搾《しぼ》り尽くした。

それからやっと咥えていたものを吐き出す。薄闇の中で、女の唾液に鈍く濡れ光る肉棒。根元には剝がれた口紅の色が微かに残っていた。

足下に置いたバッグからティッシュを取り出し、女は手早くフェラチオの後始末をする。そして、未だ芯の残っている陰茎を、半ば強引にパンツの中に押し込んだ。

そうして、放心状態の孝道にそっと囁く。いい？　誰にも言っちゃ駄目よ、と。

美しくも威圧的な響きを孝道の鼓膜に残し、女は身をかがめたまま素早く移動した。

劇場内の後方へ回り込むと、出口の通路に向かって何事もなかったように歩いていく。

射精の余韻に呆然としていた孝道は、しばらくしてからハッと我に返る。

急いで立ち上がり、女の後《あと》を追いかけた。

2

ロビーに出て見回す。しかし、あの女の姿はない。急いで物販コーナーなども見てみたが、やはりどこにもいなかった。

（もう映画館から出てしまったのだろうか？）

半分諦めながら、それでも人混みの中で彼女を探していると、トイレの方からあの女が歩いてくるのが見えた。そうか、乱れた髪を整えたり、口紅を塗り直したりしていたのかも。

孝道は女に駆け寄った。向こうもこちらに気づいたのか、立ち止まって待ち構える。

目の前まで行くと、スーツ姿の女は腕を組み、悪びれるどころかむしろ非難《ひなん》するような口調で尋ねてきた。「なにか用？　もしかしてお金が欲しいの？」

まだサングラスをかけていたが、眉間の皺からも、彼女が不機嫌になっているのは容易にわかった。孝道は慌ててかぶりを振る。「ち……違いますっ」

自分でも、なぜ彼女を追いかけたのかよくわからなかった。なんというか――時計を持った兎を追いかける、あの少女の気分だったのかもしれない。映画館の中で口淫を施すこの女の存在は、それほど非日常的だったのだ。

上手《うま》く言葉にできない感情を説明するのは諦め、孝道は頭に浮かんだ疑問をただ口にしてみる。「あ、あの……もう一人いた、あの人は、なんであんなことを？」

「あんなこと、ねぇ」女はフンと鼻を鳴らす。「君だって毎晩するでしょう？」

「え……い、いや……どうしてこんなところでっていう意味です」

堂々とした女の態度に気圧《けお》され、言葉が尻窄《しりすぼ》みに小さくなっていった。

女は孝道を値踏みするように見据える。やがて小さく溜め息をつき、孝道を連れてロビーの隅《すみ》に移動した。周りには聞こえないような声でこう言う。

「あの人はね、淫《みだ》らなスリルを味わってみたかったの。他人の気配を感じながらオナニーしてみたかったんですって。あと少しで満足できたでしょうけど、君が邪魔しちゃったのよ？」

「ぼ、僕が？　す……すみません」

素直に謝ると——女はクスッと笑った。

サングラスを外して、素顔を露わにする。美人なのはわかっていたが、明るい場所で間近に見ると、孝道の心臓は途端《とたん》にドキドキしだした。気の強そうな吊り上がった瞳はとても綺麗で、それが微笑みを浮かべながらこちらを見ている。

女性にあまり免疫のないせいで、みるみる顔が赤くなった。それが余計に恥ずかしい。だが目の前の女は、そんな孝道にさらに気を良くしたようだった。

「あの人——うちのお店のお得意様の奥様なの。そして私は、そういう人たちのいろんな趣味をお手伝いをしているのよ」と、説明を始める。

女の夫は、高級輸入中古車販売をやっているそうだ。お得意様を繋《つな》ぎとめるためにホームパーティーに招待することも少なくないという。付き添いとして連れられてきた夫人の相手をするのはこの女の役目だった。そこで女自身も人脈を広げていった。

セレブなマダム同士で集まってお茶をすることもあった。女だけでの本音トークとなると、やはり性に関する話題に行き着くことが多い。夫のセックスへの不満から、やってみたいプレイのこと、不倫願望についてなど——。

「そういう話を聞いているうちに、その願いを叶《かな》えてあげたくなったのよ」

ただの親切心というわけでもなかった。お得意様の妻たちに感謝されれば、高級中古車販売の方でますます贔屓《ひいき》にしてもらえるようになるだろう。夫の仕事の助けにもなるのだ。

「願いを叶えるって……それで今日みたいなことを？」

「アブノーマルなプレイに憧れている奥さんは結構多いのよ。お金持ちは、普通のことは大抵やり飽きているから。私はプレイの段取りを組んだり、同行して安全確認をしたり——まあ、雑用ね」

誰かに見つかったときは、身体を張って口止めもするというわけだ。

他にも、夜の営みのマンネリを打破したいと依頼されて海外から媚薬《びやく》を取り寄せたり、中イキできない奥様たちのために婦人科の先生に講習会を開いてもらったりと、様々なことをしてきたという。

「ただ、女の私にはできないことも多いのよ。たとえば……ママ活って知ってる？」

いいえと首を振る孝道。彼女の説明によると、要は援助交際のことらしい。

金銭の援助を仲立ちとした秘密の関係、かつて援助交際と呼ばれていたものを、今はパパ活、ママ活というのだそうだ。

「お得意様の奥さんたちにも、ああいうのに興味ある人は少なくないの。女って若い頃は年上が好きなんだけど、だんだんと若い子の方に惹《ひ》かれていくものなのね」

三十過ぎれば男の性欲は減退していく傾向にある。一方、女の方はむしろ高まっていく。その辺りも若い男に目移りする原因なのかもと、女は言った。

「そういう……ママ活の相手って、どうやって探すんですか？」

「あら、興味あるの？」女は悪戯《いたずら》っぽく微笑む。「〝セックスできるうえにお金ももらえるなんて一石二鳥〟とか思ってる？」

「そ、そういうわけじゃ……」

そんなつもりはまったくない、と言えば嘘になる。ただ、男でもそんなふうにお金が稼げるのかと、そこが孝道の興味を引いたのだった。

「まあ――そうね、だいたいは出会い系のアプリを使うらしいわ」

ママ活においては、基本的に〝ママ〟の方が選ぶ側にある。ママ活希望の男子はたくさんいて、その気になれば簡単に相手は見つかるそうだ。「けど、素性のわからない男の子をひょいひょいと紹介するわけにもいかないのよ。ほら、私がお世話している奥さんたちは、みんな立場のある人ばかりだから」

「じゃあ、どうするんですか？」

「信頼できる子を探してくるしかないわ。口が堅くて、責任感があって、身元のしっかりしている子を雇って――あ、悪い人たちと付き合いがあるような子は駄目ねぇ」

　これまで出会い系で見つけた何人かの男に、女は誘いをかけてみたという。だが、興信所を使って身元調査をさせてもらってもいいかと尋ねると、皆尻込みして断ってしまうのだそうだ。

　向こうの男たちにしてみれば、何者かもわからない女からそんなことを言われたら気味が悪いだろう。まっとうな仕事ではない以上、リスクは男の側にもある。警戒するのも無理はない。

　しかし孝道は、この女の事情を、性の相談役を務めていることをもう知っている。身体を張って役目を果たす、その誠実な責任感も。

　この人は信用しても大丈夫――そう思えた。だから意を決して尋ねる。

「その……ママ活っていうのは、僕でもできるでしょうか？」

　途端に女の目つきが変わった。笑みは消え、真っ直ぐに見つめてくる。「それは、私が探している男の子の候補者になりたいってことかしら？」

　その口調は少し冷たかった。孝道は、微かに震える膝を感じながら頷《うなず》く。

「なんだ、やっぱりお金をもらってセックスしたいんじゃない。言っておくけど、ママ活って必ずしもセックスをするとは限らないのよ。若い男の子に相手してほしいけど、セックスは浮気だからしたくないって人もいるわ」

セックスという単語が繰り返されると、少し離れた場所にいたカップルが驚いたようにこちらを見た。しかし女は意に介さず、孝道に詰め寄ってくる。

「場合によってはセックスなしで、君より遥かに年の離れた女性を満足させなければならないの。セックスしたいだけの子に務まる仕事じゃあないのよ？」

だが孝道も軽い気持ちで立候補したわけではなかった。一刻も早く新しい仕事を見つけなければならないのだ。「ぼ、僕……お金が必要なんですっ」

バイト先が潰れてしまい、家には借金があることを伝える。

その額、およそ一千万円。

このままでは授業料が払えずに大学を退学しなければならなくなるかもしれない。同情してもらいたいわけではないが、自分が真剣なのをわかってほしかった。

すると女は、孝道の瞳をじっと覗き込んできた。孝道は目を逸《そ》らさず、懸命に受け止める。しばらくして、

「私は海堂敦子《かいどうあつこ》。君の名前は？」

「あ……し、下野孝道です」

「そう、孝道くん――もし君を雇ったら、ママ活以外のこともしてもらうわよ。さっ

きのあの人みたいな、特別な趣味を持った人たちのお手伝いとかね。それでも構わない？」

「は……はい、大丈夫です、やりますっ」

女は、海堂敦子は、にっこりと笑った。「セックスしたいだけの男の子だったらお断りだけど、そういう理由があるならむしろ信用できるわ。君はなかなか真面目そうだし」

さらに敦子は、孝道の男根の大きさ、形の良さを褒《ほ》め、劇場内で射精できた度胸も評価してくれる。バッグからスマホを取り出し、ささっとなにやら操作をして、画面を眺めながらうんうんと頷いた。ついてらっしゃいと言い、映画館の出入り口に向かって歩きだす。

「それじゃあテストしてあげる。ほら、ぐずぐずしてると置いていくわよっ」

3

映画館を出れば、そこは繁華街の中心。周囲には無数の飲食店がある。そのうちの一軒の居酒屋に孝道は連れていかれた。

店員に案内されて廊下を進むと、小さな個室がずらっと並んでいる場所に出た。奥から二つめの部屋をあてがわれる。注文はセルフオーダー端末を使ってするらしく、店員はぺこりと頭を下げ、忙しげに部屋を出ていった。

「うん、思ったとおりの広さね」と、敦子は満足そうに言う。「防音が気になっていたけど、となりのお客の声はほとんど聞こえてこないわ」

どうやら先ほどは、ちょうどいい個室のある店をスマホで探していたようだ。羽目板に敷かれた座布団に腰を下ろし、敦子は早速端末に注文を入力し始める。

「私はウーロン茶にするけど、孝道くんは？　ビールでも構わないわよ」

「あ、いえ、じゃあコーラで。僕、まだ十九ですから」

孝道も座った。テーブルの下が掘ってあるので、正座をしなくていいのが助かる。

しばらく待つと、先ほどの店員がやってきた。テーブルに飲み物と、敦子が適当に頼んだものを並べていく。「シーザーサラダと焼き餃子、焼き鳥の盛り合わせ、それに鶏の唐揚げ。ご注文は以上ですね。ごゆっくりどうぞぉ」

店員がいなくなり、再びこぢんまりとした個室に二人っきりになった。

ずいぶんと注文したものだが、敦子は箸《はし》をつけようとはしない。飲み物にも手を出さない。すっくと立ち上がって孝道を見下ろし、こう告げる。

「脱ぎなさい」

「……え？」

呆気に取られる孝道の前で、敦子は躊躇うことなくスーツを脱ぎ始めた。ジャケットを、そしてスラックスを壁のハンガーに掛ける。後ろ姿に、白のパンティに包まれた女尻が露わとなる。

（う、嘘だろ）

敦子は、男の目など気にならないみたいに脱ぎ続けた。あれよあれよという間にブラジャーも、パンティも。ついに一糸まとわぬ姿となる。

スーツ姿にこれほどの女体が隠されていたのかと、孝道は目を見張った。胸の膨《ふく》らみはメロン大のサイズで、実に美しく盛り上がっている。その頂点には、十代の娘と見紛《みまご》うような、鮮やかなピンクの突起が息づいていた。

（この間、雑誌の表紙で見たグラビアアイドルよりも大きい。Eカップ、いや、もっと……Fカップかっ？）

これほどの肉房の大きさで、しかし、重力の影響をほとんど感じさせない丸みを保ち、それでいて豊胸手術をしたような不自然さは微塵《みじん》もない。驚異の天然物だ。

そして腰は女性ならではの豊かなカーブを描き、さらに胸元にも負けぬボリュームの尻へと繋がっていく。こちらの双丘もキュッと上を向いている。

なんて洗練された身体だろうと、孝道はまばたきも忘れて眺め続けた。女の裸を直《じか》に見るのはこれが初めて。あまりにも衝撃的すぎた。

長く伸びた両脚、ムッチリと張り詰めた太腿からは想像もできないほど細く締まった足首。

完璧という言葉がふさわしいプロポーションだった。なんの努力もなしにこの体型は維持できまい。磨《みが》き抜かれたシルエットはセクシーであり、アートのように美しい。

「いろいろな女性の願望を叶えるためには、ここで裸になるくらいのことはできてもらわないとね。世の中には、こういう場所で裸になることを好む人もいるのよ」

敦子の裸体は、その肌は、まるで陽の下にいるかの如く瑞々《みずみず》しく輝いていた。

小首を傾げ、ちょっとだけ意地悪そうに彼女は言った。「無理かしら？　テストはやめる？」

床に座っている孝道には、彼女の顔よりも股間の方が視界に迫ってくる。こんもりと膨らんだヴィーナスの丘、それを彩る楚々とした草叢《くさむら》。

そして、そこから奥へと続く肉の渓谷。陰になったその部分に目を凝らせば、花弁を思わせるなにかがちらりと見えるような――。

その途端、牡の本能にスイッチが入った。孝道は荒々しく服を脱ぎ始める。なにをさせられるのかはわからないが、ここでやめるなんてあり得ない！　ズボンとパンツを勢い良く脱ぎ捨て、早くも鎌首《かまくび》をもたげた若茎を晒す。

「あら……本当に立派なオチ×ポね。こうして明るい場所で見ると、さっきより凄く感じるわ」

テーブルの向かい側から、腰をかがめて覗き込んでくる敦子。巨乳がぶら下がり、タプタプと重たげに揺れる。

「ふふっ、それともさっきより興奮してるのかしら。もしかして君、こういうところで裸になるのが実は好きなタイプ？」

「そ、そういう趣味はないです。興奮はしてますけど、それは……海堂さんの裸のせいで」

「あら、そうなの？」敦子は満足そうに頰《ほお》を緩める。「でも私、二十九なのよ。三十路《みそじ》の一歩手前で、君みたいな若い子からしたらもうおばさんじゃない？　それとも孝道くんはおばさん趣味なのかしら？」

少々白々しい口調だった。彼女自身、自分の若さにはそれなりの自信があるのだろう。孝道は大きく首を横に振った。

「か……海堂さんの裸はとっても素敵だから、誰だって興奮すると思います。僕、こんなに綺麗な女性の裸、その、ネットやAVでも見たことないです」

「まあ……フフフ」女の瞳が狐のように細くなる。「女を褒めるのも意外と上手なのね。いいわよ」

テーブルを回り込み、敦子は孝道のすぐ目の前に立った。ちょっとだけ彼女の方が背が高い。女体から漂《ただよ》う甘い香りが、孝道の鼻腔をくすぐった。

不意に彼女の手が伸び、肉棒に触れる。

ツーッ、ツツーッと、竿の反《そ》り返りに指先をなぞらせつつ質問を続けてきた。

「そう言ってくれるのは嬉しいけれど——でも、私にいろんなお願いをしてくる依頼人は、ほとんどが私より年上の奥様方なのよ。君がおばさんの裸で興奮できないと、それはそれで困るのよねぇ。孝道くんは何歳くらいまで大丈夫そう？」

「な、何歳までとか、わからないです」

なめらかな指の腹で竿の裏側を撫でられる感触。思わず声が震えた。

「そう……経験はあるの？　セックスの経験は？」

敦子の掌がついに肉棒を包み込む。映画館で射精した分はすでに回復し、鉄の如く怒張したイチモツを、緩やかに摩擦し始めた。

「アッ……ううっ……な、ないです、すみません……ッ」

テストの減点になるかと思ったが、敦子はあまり気にしていない様子だった。「年上の女は初心《うぶ》な男の子を好むことが多いから、特に問題はないわ」

手擦りに少しずつ熱が籠《こ》もっていく。右腕の動きで彼女の乳肉が微かに揺れる。

「でもまあ、最低限の知識は覚えておいてもらわないとね。クンニリングスって聞いたことはある？」

竿の奥が熱くなっていくのを感じつつ、孝道は頷いた。「は……はい」

すると敦子は座布団に腰を下ろし、それほど広くない個室の中で精一杯両脚を広げる。Ｍ字開脚だ。先ほどは陰になっていた女陰が、ついにあからさまとなった。

「さあ、孝道くんもしゃがんで」

「あ……は、はいッ」

ひざまずいて女の秘部を覗き込む。もっと近くにと何度も促《うなが》され、とうとう十センチほどの距離まで顔を近づけた。初めての生の肉裂に心臓が暴れだす。

インターネットで無修正画像を見るのとは迫力が違った。左右の大陰唇の柔らかそうな質感や、割れ目の中で小陰唇がゆっくりと蠢いている様は、想像を遙かに超えるイヤらしさだった。もちろんアナルの窄《すぼ》まりも丸見えである。

（海堂さんも……人妻なんだよな？）

小陰唇の肉片は、色は綺麗だが、サイズは大きめで割れ目から少々はみ出している。使い込まれている証拠だろう。きっと彼女の夫は、この美しくも淫らな身体に毎夜襲いかかり、猿のように嵌《は》め狂っているに違いない。

完璧な女体の中に唯一の卑猥《ひわい》さを発見し、興奮のボルテージが上がる。

（ああ、それにこの匂い……）

媚肉《びにく》から立ち上る香気を胸一杯に吸い込む。柑橘類のような甘酸っぱさに微かな刺激臭が混じった、なんとも不思議な魅力の香りだ。嗅ぐほどに牡の官能が刺激される。ビクッビクッと若茎が跳ね、そのたびに鈴口からカウパー腺液が溢れる。

「それじゃあ練習のつもりで舐めてみて。やり方は教えてあげるから」

敦子の両手が、細く長い指が割れ目に差し込まれ、ぱっくりと肉ビラごと開帳させる。鮮やかな緋色の粘膜――その一番奥に、指がやっと一本入りそうなくらいの穴があった。

（こんな小さな穴に、勃起したチ×ポが入るんだよな）

女体の神秘を感じずにはいられないが、今はそんなことを考えている場合ではなかった。

恐る恐る舌を伸ばし、初のクンニリングスに挑む。割れ目の内側をひと舐めするや、甘酸っぱい味が舌に広がった。

「シャワーも浴びてないからオシッコの味がするかもしれないわね。でも、それくらい我慢できなくちゃ、仕事は任せられないわよ。さあ、続けてっ」

「ふぁ、ふぁいっ」

童貞の自分が生の女性器に舌を這わせている。その興奮の前では小水のことなどなんでもなかった。それに敦子だって男の排泄器官をしゃぶり、子種汁まで飲み干してくれたではないか。

彼女の指示を受け、まずは小陰唇と舌を絡《から》ませる。表も裏も丁寧に舐め尽くし、それからそっと歯を当ててコリコリした感触を確かめた。

皺の一つ一つを伸ばすようにラビアを舐め、ときには唇で挟んで引っ張る。唇から外れた媚粘膜がプルンと震えると、女体も小さく痙攣《けいれん》した。

「ン、うん……なかなか上手よ。じゃあ、次はこっちね」

敦子の人差し指が、肉裂の上方にある包皮に触れる。軽く添えた指の腹でクルクルと撫で回す。

「クリトリスって、聞いたことくらいあるでしょう？　んんっ……ここは、こんな感じで、ね？　とにかく、優しく触ること……オチ×ポより、ずっと敏感なんだから……はぁん」

麗《うるわ》しき大人の女が己の陰部をいじっている。その姿は実に扇情的だった。

やがて彼女の指が包皮をつまみ、上の方に引っ張った。小指の先ほどの大きさの肉豆が、皮の中からツルンと飛び出す。

「……どう？　これが勃起したクリトリスよ」

さあ、舐めてちょうだいと、敦子に促される。言われるまま、光沢を放つほどに張り詰めた肉真珠へ舌を当て、軽く撫で上げた。硬い、飴玉みたいな感触だ。

途端に、女の腰と太腿がヒクヒクッと戦慄く。孝道は敦子の教えを受けながら、実践でクリトリス責めを学んでいった。根元からほじくり返すように下から上へ弾き、舌の表面のザラザラを擦りつける。唇で挟んでチュッチュッと吸い上げた。

「あっ……す、凄く上手うっ……君……呑み込みがとってもいいわぁ」

隣に聞こえないよう声を抑えつつ、敦子の指導は続く。「ねえ……アソコの、オマ×コの穴もお願いっ……くううっ、ゆ、指を、突っ込んでぇ」

いつの間にか、膣穴からはトロトロと多量の蜜が溢れていた。

舌ですくい取ってみる。仄かな酸味に甘さの風味が加わり、なんとも不思議な味わいだった。旨《うま》いともまずいともいいがたく、あえて表現するならイヤらしい味だ。

膣口に唇を当て、頬がへこむほど吸引し、流れ込んでくる女蜜を喉を鳴らして飲む。クリトリスを指でいじれば、それがスイッチとなってますます奥から浸《し》み出してくる。飲めば飲むほど官能が高まる。

「や、やぁん……飲まないでいいからぁ」

「ぷはっ……女の人は、飲まれるのは嫌ですか？」

「そ、それは」敦子はしばし考え込んだ。「……人によるかしら。私は嫌じゃないけれど……で、でも、今はテスト中なのよ。私の言うとおりにしなさいっ」

ジロリと睨みつけられる。ここで不合格にされては困るので、孝道はすぐさま人差し指を肉の窪みに当てた。「す、すみません、今――」

ズブリと押し込む。淫水に蕩《と》けきった膣肉の感触。

それと信じられないほどの温かさに迎え入れられる。

(指を入れただけなのに……気持ちいいっ)

ぬめりを帯びた粘膜と指が擦れただけで、ゾクゾクするような快美感が走った。これがオマ×コ、男を悦《よろこ》ばせるための女のセックス器官かと、驚きを禁じ得ない。

「ふうぅ、そう、そうよ……じゃあ孝道くん、Ｇスポットを探してみて」

肉路の上側に、他とは感触の違う部分があるという。人差し指をゆっくりと前後させてみると、少し膨らんでいる箇所が見つかった。指の腹で探ってみると、そこの膣《ちつ》襞《ひだ》だけは妙にザラザラしている。孝道はぐっと押してみた。「ここですか？」

「そっ……そう、そこオオッ」

敦子は声を抑えられなくなり、座布団から浮くほどに腰を跳ね上げた。

「か、海堂さん、声っ」

ギョッとして耳を澄ます。壁を伝わって隣の客たちの微かな声が聞こえるが、特に異変はなく、右も左も、楽しげに談笑しているだけの様子だった。

「くうっ……だ……大丈夫よ、あれくらい」

敦子はGスポットの説明を始める。膣内に存在する女の急所で、クリトリスと同等、あるいはそれ以上の愉悦をもたらすそうだ。そして彼女は、クリトリスとGスポットの同時責めを命じてきた。

（さっきのはセーフだったとしても、あれ以上の声を出されたら、さすがに隣まで聞かれちゃうんじゃ……？）

躊躇っていると、敦子の美貌がみるみる険しくなる。「なぁに？　私が童貞くんの覚えたてのテクニックに我慢できないとでも？　余計な心配はいらないから、早くしなさいっ」

手加減なんかしちゃ駄目よ、私をイカせるつもりでやらないと不採用ですからねと、強い口調で釘を刺された。敦子の瞳の中では、情欲の炎が妖しく輝いていた。

童貞であることを馬鹿にするような物言いに、孝道も少しばかりムッとする。それならばもう遠慮はいらない。先ほど以上にねちっこくクリトリスを舐め回し、吸引し、同時にGスポットを責め始めた。

人差し指をクイックイッと曲げ、ざらついた肉壁の膨らみを、女のウイークポイントを一定のリズムで圧迫する。

手探りならぬ指探りで、ベストな力加減とリズムの速さを調べた。大きく出た手前、敦子は無言を貫《つらぬ》いているが、汗を滲《にじ》ませた太腿はビクッビクビクッと痙攣し、膣路は悦び悶えるように活き活きと収縮した。

やがて最も女体を歓喜させる指使いにたどり着く。その頃には肉穴の中は大洪水となっていた。溢れた女蜜は尻の谷間を流れ落ち、座布団に恥ずかしい染みを作る。

左隣の個室は宴もたけなわの様子で、酔っ払いたちの大音声がしきりに響いてきた。

少々耳障りではあるが、この部屋の淫らな気配を掻き消してくれるのはありがたかった。敦子の鼻息は乱れる一方だ。ときおり喉の奥から、いきむような、悩ましく艶めかしい呻き声を絞《しぼ》り出す。

それでも孝道は、愛撫の手も舌も緩めない。Gスポットを猛プッシュしながら、唇でクリトリスを揉みしだき、さらには軽く歯を当てて甘噛みを施す。

隣の部屋でどっと笑い声が湧く。と同時に、敦子はヒイイッと悲鳴を上げた。

汗と愛液の匂いが混ざり、より濃厚になった牝臭《めすしゅう》が孝道の顔を撫でる。嗅覚を刺激され、脳髄を揺さぶられ、いつしか女を狂わせることしか考えられなくなっていた。

鉤爪《かぎづめ》と化した人差し指で膣路の泣きどころを掻きむしる。納豆を掻き混ぜるような粘っこい音が、膣口の隙間から止めどなく漏れる。

コリコリに充血した陰核へ甘噛みの二撃目を喰らわそうとした、そのとき——

「も……もういい、やめてッ！」

彼女の手が、孝道の顔を股間から引き剝がす。差し込んでいた指も引っこ抜かれた。呆気に取られる孝道を、敦子は肩で息をしながら恨めしげに睨みつけてくる。

「き、君……ほんとに童貞？」

敦子はイク寸前まで追い詰められてしまったそうだ。初めての愛撫とは思えないほど上手だったようで、嘘ついてるんじゃないの？　と問い詰められる。

「う、嘘じゃありません。だいたい童貞のふりなんかしたって、なにもいいことないじゃないですか」

「……そんなことないわよ。童貞好きの大人の女は結構いるんだから」

女と違って、男は未経験であることを証明する術《すべ》がない。疑惑は晴らせず、気まずい空気が漂う。

やがて敦子は、溜め息をついて言った。

「ま、いいわ、どっちでも。前戯が上手なのはいいことだもの。君、採用よ。身元調査でなんの問題もなければね」

「え……ほ、ほんとですか？」

ええ――と頷く敦子。だが彼女は、淫蕩な微笑みを浮かべてこう付け加えた。

「ただし、ここで私とセックスすること。女をその気にさせたんだもの。責任を取らなくちゃ駄目よ」

あられもなく開かれたままの股ぐら。

下の口は開いたり閉じたりを繰り返しながら、白濁《はくだく》の本気汁をダラリダラリと吹きこぼしている。

早く本物をちょうだいと、浅ましく急《せ》かすように――。

4

孝道は言われたとおりにしただけで、敦子が勝手にその気になったのだ。だが、孝道だってセックスをしたくないわけではない。前戯は男の情欲も高ぶらせていた。

(全裸になってクンニまでしたんだ。今さらビビってもしょうがない)

正座のような格好から股を開いてにじり寄り、そそり立つ肉槍を、二枚の花弁の狭間にあてがう。たった今、指でいじり倒したばかりなので、童貞でも穴の位置を間違うことはなかった。

「そう、そこよ……さあ、その立派なオチ×ポを、早くっ……」

「はい……じゃあ、あの……い、いきます」

まさかこんなふうに初体験を迎えるなんて――と、感慨に浸《ひた》りつつ、ゆっくりと腰を押し進めた。膣門の直径は指一本と同じくらいで、丸々と肥大した亀頭は当然ながらひっかかる。

だが、指で竿を支え、ぐっと腰に力を込めれば、ゴムの輪っかを潜《くぐ》り抜けるような感触と共に、ズルッと先端が吸い込まれた。途端に痺れるような愉悦が走る。

「クッ……う、ううッ」

「ああッ……すごい……アソコが広がっちゃうぅ」

結合部を覗き込んでいた敦子が、切なげな声を漏らした。

膣門はパツパツに拡張し、元の何倍もの大きさになっていた。

が、侵入者に負けじとばかりに力強く収縮し、律動的に雁首を締めつけてくる。まるで陰茎をもぐもぐと咀嚼《そしゃく》されているみたいな――空恐ろしくも劣情を煽《あお》られる感覚だった。

時間をかけて少しずつ潜り込ませていく。初めての感動を長く味わいたいというのもあったが、なにより肉路の締めつけが驚くほど強烈だったからだ。

じりじりと押し進めていくだけで、完全密着した膣襞がペニスのあらゆるところに擦れ、手淫では到底得られぬ快感に襲われた。

ほとんど息を止めた状態で、ようやく奥までたどり着く。

すると、二人同時に溜め息を漏らした。敦子が、朱に染まった頬を緩め、うっとりと呟く。「お……大きいと思っていたけど、それだけじゃないわ……この硬さがッ……それに形も……す、凄くイイィ」

「形、ですか……？」

「ええ……バナナみたいに反っているから、アソコの気持ちいいところにグリッて当たるの……さ、さ、孝道くん……動いて、ね、動きなさいっ」

「は、はいっ」

緩やかに腰を振り始める。ＡＶ男優のような高速ストロークはとても無理だった。複雑に折り重なった肉襞《にくひだ》が陰茎のすべてに絡みつき、裏筋や、雁のくびれの切れ込みまで激しくブラッシングする。

勢い良く腰を振れば、一分と経たずに果ててしまうだろう。先走り汁をちびり、湧き上がる射精感と闘いながら、亀のように動くのが精一杯だった。

敦子もこのスローセックスに不満を漏らさず、それどころかついには両腕を突っ張っていることもできなくなり、床に背中をつけて悩ましく身をよじった。まるで駄々をこねる子供のよう。少しだけ平らになった双乳が右へ左へと翻弄《ほんろう》される。

(海堂さん、映画館で出会ったときとは別人のようだ)

スーツ姿も凛々《りり》しい大人の女はどこへ行ったのやら。自分のペニスが彼女を狂わせているのだと思うと、牡としての優越感が沸々《ふつふつ》とたぎった。

「くふぅ……ううっ……そ、そこっ」と、敦子が喘《あえ》ぎ声を絞り出す。「さっき、ね、教えたでしょう？　オチ×ポの先で、そこを、そこオオォ……！」

Ｇスポットのことである。反り返る肉刀の切っ先で、膣内の例の膨らみを擦ると、敦子はブリッジをするかの如くのけ反り、ビクンビクンと身を震わせた。

孝道はその部分に責めを集中させる。半分ほどの挿入で小刻みに嵌め腰を使い、女の急所をグリグリと亀頭で抉《えぐ》った。張り出した肉エラでゴリゴリと削った。

「ヒッ……んぎィイッ……イッちゃうぅ……！　こんな凄いオチ×ポ、おおっ……し、信じられないわァアアッ」

どうやら孝道のイチモツはかなりの名品であるようだ。敦子は顔を真っ赤にして鼻息を荒らげ、食い縛った歯の隙間から苦悶の声を漏らした。前戯の手奉仕、口奉仕で充分に高まっていた女体は、本当に今にも絶頂を迎えそうに見える。

ただ、孝道の方も、すぐそこまで限界が迫っていた。

強烈な膣圧を受けながらの抽送《ちゅうそう》は、スローなストロークでも想像を絶する摩擦快感をもたらした。溢れるほど潤沢《じゅんたく》な女蜜と、無数の凹凸に覆《おお》われた肉襞、それらが生み出すセックスの愉悦。ただ力一杯握り締めてオナニーをしてもこうはいかない。

グチョグチョと蜜壺を掻き混ぜる音が、かすれた女の嬌声が、左右の部屋から響いてくる笑い声にそっと溶けていく。

きっとどの部屋でも、皆同じように酒を酌《く》み交わしているのだろう。自分たちだけが淫らな交わりに耽っている。スリルと背徳感が射精感を押し上げた。

「あ、あの……このまま、ううっ、だ、出しちゃっても……？」

「か……構わないわ……大丈夫だから、好きなだけっ……んおおぉ、私、も、お、オ、オオッ……！」

敦子から中出しの許しを得た途端、歯止めが利かなくなった。

煮えたぎる孝道の白濁液が前立腺をこじ開け、尿道を一気に駆け抜ける。

（クウウッ！）

火傷《やけど》しそうな熱さを肉竿で感じた直後、間歇泉《かんけつせん》の如き射精が始まった。

ビュビューッ、ビューッ！　ビュルルルッ！

初めての膣内射精。頭の中が真っ白になるような激悦は、間違いなくこれまでの人生で最高の体験だった。きっと一生忘れないだろう。

意識が飛ばないように奥歯を噛んで耐えていると、鋭い声で活を入れられた。

「止まっちゃ駄目よ！　あと少しで女をイカせられるんだから、最後まで頑張りなさいッ！」

消えかけていた理性が力を取り戻す。自分は女性を満足させるための仕事に雇われたのだ。自分が満足するだけのセックスをしていたら、すぐにクビになってしまう。

大きく息を吸い込むと、獣のように唸りながらGスポット責めを再開した。未だ樹液を吐き出し続けている若茎を、その亀頭を、猛然と膣路の天井に擦りつける。

「そうよ、そう、偉いわ、君ならきっと……んほおぉ、どんな女でもォ、よろ、悦ばせられるようにッ……あ、ああっ、くぅうウウッ」

蛙のように折りたたんでいた美脚がガクガクと震えだした。

やがて射精の発作も治まり、絶頂直後の敏感な亀頭を地獄の摩擦感覚が襲う。愉悦の余韻、それに鈍い痛みと掻痒感が混ざり合い、カオスと化した感覚が脳髄に流れ込んだ。気持ちいいのか苦しいのかまったくわからない。頭がどうにかなりそうだった。

長い長い、十秒、二十秒。もう無理！　もう許して！　と、吐き出しそうになる言葉を必死に嚙み殺す。

そして、ついに——

「いぃ、イッ……クウゥ……ッ!!」

敦子の背中が跳ね上がり、そしてガクンと崩れ落ちた。

孝道がピストンを止めても、もう彼女は咎《とが》めなかった。大股開きの卑猥な格好で荒い呼吸を繰り返している。

汗を滲ませた女体が――アクメの名残《なごり》だろう――ときおり小さく痙攣した。濡れ光る推定Fカップの乳肉がプルップルッと波打つ。

大きく溜め息をついて、孝道も全身の力を抜いた。初セックスで女性を絶頂させたことに誇らしい気持ちが湧き上がってくる。思わず笑みがこぼれる。

充分すぎる前戯で、アクメ寸前まで女体が発情していたのかもしれないが、その前戯をしたのも自分である。童貞を卒業したばかりの男としては快挙ではないか。

一回り成長した自分を感じながら、男根を抜くためにゆっくりと腰を引いた。

だが、これで終わりではなかった。大人の女の性欲を孝道はまだ知らなかった。

ガバッと起き上がった敦子が、孝道を押し倒す。虚を衝《つ》かれた孝道はあっさりと組み敷かれてしまった。倒された拍子に陰茎が抜けてしまう。

敦子は膝立ちになると、手を伸ばし、未だ八分勃《はちぶだ》ちを保つ肉棒を握り起こした。

(えっ……ま、まさかっ?)

次の瞬間には挿入が始まっていた。騎乗位での結合。張りのいい美臀が、孝道の太腿に勢い良く着座する。膣の奥壁と亀頭が派手にぶつかり合う。

「くふぅんっ」と一声鳴き、戦慄きながら敦子は天井を仰《あお》いだ。

やがて額の汗を拭《ぬぐ》い、女腰を前後にくねらせ始める。「う……ふふっ……まだよ、まだまだ。君の精力も確かめておかないとねぇ。若いんだからもう一回くらい平気でしょう？」

「そんな……か、海堂さんだって、イッたばかりでしょう」

「女はね、何度だってイケるのよ。それにイケばイクほど快感が増すの。覚えておきなさい。ほぅら――」

そして淫靡な腰振りダンスが開始された。最初は艶めかしく円を描くように、ときには八の字にくねらせ――それから上下の動きへ、本気の嵌め腰へと移行する。

先ほどは陰茎の半分ほどを使った浅い挿入だったが、今度は付け根までズッポリと呑み込まれていた。亀頭の先から竿の根元まで、すべてが膣肉に包み込まれ、激しく擦り立てられる。

二枚のラビアがへばりつき、左右から陰茎を舐め上げて、舐め下ろした。孝道の下腹部にぶつかってグニャリとひしゃげる様子はなんともエロティックで、時間を忘れ、ずっと見ていたくなる。

だが、馬乗りファックの見所は結合部だけではない。ピストンに合わせ、肉のみっちり詰まった巨乳がタプタプと小気味良く躍っていた。縦の残像を描き続ける桃色の突起。こちらも妖しい中毒性で男の目を奪う。

跳ねる乳房から汗が飛び散り、甘酸っぱい媚香がさらに濃く室内を満たしていく。

センシティブな状態から抜け出した若茎は、すぐさま再びの完全勃起となった。

「おほおぉ、奥ぅ！　オチ×ポが大きくなって、奥に、ズシンズシンくるウゥ。そこよ、そこが……アアッ、とってもいいのオオッ」

膣路の行き止まり、子宮口のすぐそばに、女の最大の急所となるポイントがあるのだという。ポルチオ性感帯と呼ばれるそこは、きちんと開発すれば、クリトリスやGスポットを超える愉悦をもたらすのだそうだ。

膣奥に亀頭がぶつかるたび、その衝撃がポルチオを揺さぶる。敦子は、目を白黒させながら震える声で告げた。私、また、イッちゃいそう——と。

絶頂を迎えた直後の女体は、新たな愉悦に非常に敏感な状態で、つまりイキやすいのだと彼女は教えてくれた。そんな身体で、孝道の巨大な肉杭に自ら進んで串刺しになっている。

ただ、孝道の方も、早くも余裕を失っていた。騎乗位によるスクワットのような動きのせいか、肉路は先ほどを超える圧力で陰茎を締め上げてくる。オナニーでただ強く握るのとはわけが違う、潤沢な愛液を含《ふく》んで蕩けた膣襞だからこその摩擦感に、全身の肌が粟立《あわだ》った。

しかも単純に締めつけてくるだけではない。アクメを得た牝穴は、暖機運転が終わったとばかりに活《い》き活きと躍動していた。波打つような収縮と弛緩《しかん》を繰り返す。ギュウギュウと肉棒が揉み込まれる。

それに抽送の摩擦が加わっているのである。実に複雑な、想像を絶する快美感が、ペニスのすべてを包み込んでいた。亀頭を、雁首を、裏筋を——幹の根元まで揉み擦られ、第二ラウンドだというのに、あと数分で果ててしまいそうな予感がした。

生殖器の感覚から少しでも気を逸らそうと、躍動する双乳に手を伸ばし、下から鷲づかみにする。荒々しく揉みしだき、ゴム鞠《まり》のような心地良い弾力をたっぷりと堪能し、そして乳首をこね回した。

「んふぅ、そ、そうよ、それぇ……今、言おうと思ったの……オッパイも、忘れちゃ駄目って……お、おっ、もっと強くぅ……転がして、ねじって、引っ張ってエェ！　ああ、あぁ、上手ぅ、ほんとにもう、イッちゃうウウゥ」

瞬《また》くまに肉突起は充血し、コリコリに硬くなる。女の悦びに美貌が歪《ゆが》む。

発情機関がフル回転し、ピストン運動が最高潮に加速した。牡と牝の擦れ合う音が、美臀と太腿のぶつかる音が激しくなる。

「か、海堂さん……そんな、速く動かれたら……！」

「ああん、イッちゃう？　私もだから、もうちょっとだけ、ね、我慢して……ヒッ、ヒッ、いいッ……あっ……乳首、やめちゃ駄目ッ、手を休めないッ！」

肉蕾への刺激に連動し、膣口はより苛烈に収縮を繰り返した。陰茎を食いちぎらんばかりの勢いで、ギュギュッ、ギュウウッと、雁首や竿がくびられる。

たとえ孝道が先に果ててしまっても、敦子のピストンは止まらないだろう。過敏状態の若茎を、肉ヤスリでゴシゴシと擦り立てられるのだ。孝道は、血が滲まんばかりに下唇を嚙みつつ、一秒でも早く彼女がアクメに至ることを祈った。

そのとき、

「失礼しまーす」と声がするや、突然個室の引き戸が開いた。

見覚えのない、大学生くらいの若い女性店員だった。部屋の中でこんな痴態が繰り広げられているとは夢にも思っていなかったのだろう。目を真ん丸にし、引き戸に手をかけたまま硬直してしまっている。

孝道の顔から血の気が引く。見られてしまった！

だが、信じられないことに、敦子はそれでも腰を振り続けた。もちろん彼女も見られていることに気づいている。それでも刹那《せつな》のひるみすらなく、むしろにんまりと口元を緩め、若牡にまたがった堂々たる嵌め腰を披露した。

「海堂さんッ……ちょっと、やめッ……アアッ！」

ラストスパートとばかりに繰り広げられる怒濤《どとう》の抽送。予想外の露出セックスに動揺した孝道は、ついに精を漏らしてしまう。

「ぐ、くっ……ウウウッ……!!」

「あぁん凄いわ、二度目なのに、いっぱい出てるっ……中出し、好き、なのォ！　んほおお、イク、イクッ……イッグううぅ!!」

せめてもの救いか、敦子もほぼ同時に達してくれた。

こんな緊急事態でも、小便の如き勢いでザーメンがほとばしる。二発分の大量の白濁液は、膣穴に収まりきらず子宮まで満たしていることだろう。

やがて女性店員がハッと我に返った頃には、放精も女体の痙攣もやんでいた。顔を真っ赤にした女性店員は、

「こ、困ります、そういうことをされては……！」と、遅ればせながら己の務めを果たそうとする。

孝道はどうすることもできなかった。動いたのは敦子の方だった。

勢い良く肉棒を引き抜いて立ち上がり、裸のまま目撃者に向かっていった。戸惑う彼女の腕をつかみ、強引に個室内に引っ張り込む。引き戸を閉める。

「あなた、名前は？」敦子はぐっと詰め寄り、女性店員の胸元の名札を覗き込む。

「ふーん、豊嶋《とよしま》さん、なんでこの部屋に来たのかしら？」

悪びれもなく問い詰める敦子の圧に、女性店員の方が怯《おび》えてしまう。「ご、ご注文の品を……」

「注文したものはすべて揃ってるわ。あなた、部屋を間違えたわね」

ギラギラと輝く眼光。全裸を晒しているというのに少しの物怖じもなく、まるでヤクザの姐《あね》さんのような迫力だった。

向こうも、敦子が只者ではないと察したのだろう。「す、すみませんっ」と、青ざめた顔で頭を下げた。

すると敦子は、途端に表情を一変させ、にっこりと微笑む。

「いいのよ、誰にだって間違いはあるわ」

女性店員の肩を抱き寄せ、猫撫で声で語りかけた。「私たちもね、知らなかったの。ここでそういうことをしちゃいけないって。ね、豊嶋さん、わかってくれる？」

「は……はい」

「ありがとう、あなた、とってもいい人ね」

部屋の隅に置いていたバッグから、敦子は素早く財布を取り出す。一万円札を三枚、女性店員の手に握らせた。「これはチップよ。受け取ってちょうだい」

「え……だ、駄目です、こんな大金っ」

断られるが、しかし敦子も引かない。まあまあ、いいじゃないと、彼女のエプロンのポケットに強引に札をねじ込む。すっかり気圧されてしまった女性店員は、結局三万円を受け取って部屋から出ていった。

敦子は、フウッと溜め息をつく。

「やれやれ……孝道くん、いざというときは今みたいな対処もできないと駄目よ」

敦子の眼差しは、見ていることしかできなかった孝道を責めているようだった。

採用の取り消しもあるかもしれないと気落ちし、孝道はすみませんと謝る。が、

「うん、まあ、いずれはそういうこともできるようになってほしいってことよ。大丈夫、最初からそんな危険な依頼を任せたりはしないから」

「え……じゃあ」

「ええ、これからよろしくね──アッ」

女陰の口からドロリと精液が溢れ出していた。

敦子は慌てて股間を押さえるが、泡立つ白い塊はすでに太腿まで流れ落ちている。

「あ、あの……っ、使ってくださいっ」

運良く携帯していたポケットティッシュを差し出した。敦子はありがとうと微笑み、逆流するザーメンをティッシュで受け止める。あっという間に使用済みティッシュの山となった。「……これは後でトイレで始末しましょう」

でもその前に——と、敦子は卓に着き、まだ一口も食べていない料理を見回す。

「せっかく注文したんだから食べちゃいましょう。冷めちゃったけれど……うん、大丈夫、まだ充分美味《おい》しいわ。さあほら、孝道くんも」

事後の女の食欲は驚くほどに旺盛だった。敦子が未だ裸なので、孝道もそれに付き合って箸を手に取る。

できればパンツくらいは穿《は》きたかったが、もしかしたらテストはまだ続いているのかもしれなかった。だとすれば、許可なく勝手に服を着ることはできない。素っ裸のまま料理をつまみ、気の抜けたコーラを飲んだ。

(今さらだけど、とんでもない世界に足を突っ込んじゃったのかも……)

しかし後悔はない。やっと新しい仕事が見つかったのだ。それに——食べているうちに、童貞を捨てた興奮がまた沸々と湧き上がってくる。

目の前には艶美《えんび》を極めた女体。孝道は箸を運びつつもこっそりと眺め、座卓の下で若茎をヒクヒクと痙攣させた。

第二章　ブロンド熟女と一日デート

1

居酒屋での面接試験の後、孝道はスマホで顔写真を撮られた。依頼人となる女性たちに見せるための、いわゆる〝宣材写真〟にするのだという。

それから一週間が過ぎた。時間が経つほどに不安が募っていく。

女性の性的な願望を叶える仕事だ。セックスをすることも少なくないだろう。しかし仕事である以上、相手を満足させなければならない。経験不足の自分に本当に務まるのだろうか――と。

(それに、これってもしかしたら、僕が思ってる以上にヤバイ仕事なのかも。やっぱり売春……になるのかな？　下手したら警察に捕まっちゃったりして)

今ならまだ間に合う。連絡先は交換し合ったので、敦子に断りの電話を入れれば――しかし、孝道には金が必要だった。最低でも大学の学費分は稼がなければならない。敦子からもらえる報酬は、コンビニのバイトとは桁違いになるらしい。

ズルズルと悩み続けているうちに、とうとう向こうから連絡が来た。講義が終わった後の時間を持て余し、大学の図書館に入り浸っていたときだった。急いで閲覧席から移動し、電話に出る。

初仕事が決まった――とのことだった。この一週間で孝道の身元調査は終了し、結果に問題はなかったそうだ。仕事の日のスケジュール確認をされる。そして最後にこう尋ねられた。『一応訊いておくけど、やめるなら今よ。当日になって〝やっぱり無理です〟とか言うのは勘弁してね』

こちらの逡巡を見抜かれているような気がした。もし辞退するなら、これが最後のチャンスだろう。しかし孝道は、

「大丈夫です。やります」と答えてしまった。

電話を切って、しばらくすると、また心がざわめいてきた。

だが、もう後には引けない。

その週の日曜日。孝道は電車を乗り継ぎ、ＪＲの有楽町駅で降りた。

時刻は午後二時を少し過ぎたところ。スマホの地図アプリを頼りに銀座の街を歩き、待ち合わせ場所へと向かう。テレビでも見たことのあるような老舗《しにせ》の有名百貨店前にたどり着くと、正面出入り口に設置されたライオンの銅像の前で敦子を待った。

しばらくして敦子が現れた。今日もスーツ姿が凜々しい。孝道はお辞儀をしてからおずおずと尋ねた。

「銀座に来たの初めてなんですけど、こんな格好で良かったでしょうか……？」

六月の梅雨入り前、初夏の暖かな日和の今日。孝道は、Ｔシャツの上にカジュアルな半袖シャツを羽織り、下はデニムパンツというラフな格好で臨んでいた。

事前の連絡では〝清潔感のある格好で来るように〟とのことだった。だからデニムパンツは洗濯したてのものに穿き替えてきたし、Ｔシャツと半袖シャツは今日のために購入したものだ。普段のくたびれた服装よりはだいぶましだが、女性と会う格好としてはこれでいいものだろうか？

「銀座だからって、そんなに身構えなくても大丈夫よ」と言って、敦子は苦笑した。

「ほら、見てみなさい。君みたいな服装の若い子、結構いるでしょう？　五条《ごじょう》さんにも、君が普通の大学生だと伝えてあるから」

初仕事の相手の名前は五条アリス。年齢は四十歳だという。

今どきの子供ならともかく、四十歳でアリスという名前はなかなか珍しいと思われた。敦子の夫がやっている高級輸入中古車販売のお得意様——その妻たちの一人だというから、お金持ちのネーミングセンスなのかもしれない。

「それで、あの……僕は今日、なにをすればいいんですか？」

孝道は、仕事の内容をなにも教えてもらっていなかった。相手の名前や年齢も、たった今聞かされたばかりである。理由は、依頼者は立場のある女性だから——と。孝道が誰かにしゃべってしまうリスクを避けたかったようだ。

「ごめんなさいね、事前に詳しく教えてあげられなくて。怒ってる？」

「い、いえ、別に……。ただ、なにをするのかくらいは教えてほしかったな、と」

敦子はうーんと唸り、

「君の売りの一つはその素人っぽさだから、あれこれ聞いて、余計な心構えとかはしてほしくなかったの」と、申し訳なさそうに言った。「大丈夫、最初だから簡単なのにしたわ。今日は依頼人の五条さんとデートをするだけよ」

「デ、デート……ですか」

これまで孝道は、一度も女性と付き合ったことがない。デートも未経験だ。胃が迫《せ》り上がってくるような感覚に襲われる。

と、不意に見知らぬ女性が敦子の隣に立った。

肩からバッグを提げている、サングラスをかけたブロンドの白人女性だった。外国人観光客だろうか。

（え……僕を見ている？）

サングラス越しにもかかわらず、強い視線を感じる。身長も孝道より十センチほど高く、その威圧感に思わず後ずさりしそうになった。

そして敦子が謎の女性に気づく。にこりと笑みを浮かべると、実に礼儀正しく最敬礼をした。「どうも、五条さん、こんにちは」

その言葉に、孝道は耳を疑う。この人が、五条さん……？

その名字のせいもあるが、まさか今日の相手が外国人だとは思っていなかった。黄金色に輝くセミロングの髪と透き通るような白い肌——なるほど、これならアリスという名前になんの違和感もない。

五条アリスは、無言のままゆっくりとサングラスを外した。

どことなく棘《とげ》のある青い瞳が、値踏みをするように孝道を見据える。

「こんにちは、海堂さん」孝道の方を向いたまま彼女は言った。「送ってもらった写真で顔は見ていたけれど——思っていた以上に坊やね。本当に大学生？」

少しの訛《なま》りもない流暢《りゅうちょう》な日本語には、やや不満げな声音《こわね》が籠もっていた。

「はい、大学二年生です。そうよね、下野くん？」

「は、はい、あの、すみませんっ」

雲行きの怪しさに、孝道は大きく頭を下げた。アリスというこの女性から、謝らずにはいられなくなる圧力を感じていた。敦子は苦笑いを浮かべ、アリスに尋ねる。

「もっと背の高い子がお好みでしたか？」

「そういうわけじゃないけれど……」

アリスはため息をついた。「今日は私、恋人気分が味わいたかったの。それなのに、こんな子と並んで歩いたら——」

そして残念そうに呟く。恋人同士というより、まるで親子じゃない、と。

「そんなことないですよ」と、上品な営業スマイルで敦子は言った。「下野くんはどう？　五条さんがお母さんに見える？」

「えっ……？」突然の質問。孝道は慌てて首を振る。「ま、まさか……うちの母とは全然違います」

目の前にいるのは、ハリウッド映画のスクリーンから抜け出してきたような美人だった。

四十歳といわれれば確かにそうも見える。が、〝おばさん〟という雰囲気はこれっぽっちもない。異国情緒に満ち溢れた、麗《うるわ》しい大人の女性だった。

そして――胸がとても大きい。これが欧米サイズというものだろうか。薄手のサマーニットに豊満な膨らみが堂々と浮き出ている。

Ｆカップの敦子より明らかに大きいと、ひと目で確信した。圧倒的な質量が生み出す引力により、いけないと思いつつも視線が吸い寄せられてしまう。張り詰めたニット生地が胸の輪郭を忠実になぞっていて、中身の形まで容易に想像できた。

近くを行き交う男たちも、彼女の胸元に一度は目を向けて通り過ぎていく。アリスは気づいているのかいないのか、毅然《きぜん》とした立ち姿でむしろ誇らしげに胸を張り、敦子の話を聞いていた。

「どうしてもお気に召しませんでしたら、今回の件はまた日を改めてということに――すみません、今はまだ、ご紹介できる男の子がこの子しかいないんです」

「……わかったわ、この子でＯＫよ。せっかくの休日に銀座まで来たんだもの」

渋々といった感じだが、アリスは納得したようだ。敦子は、ほっとした顔で頭を下げる。「ありがとうございます。それでは、私はこれで失礼します」

孝道くん、しっかりねと耳打ちし、敦子は早々に立ち去ってしまった。

（え、え……海堂さん、もう行っちゃうの？）

いきなり二人きりになってしまう。孝道の胸の内は心許《もと》ない気持ちでいっぱいだった。助けてくれる人はもういないのだ。

アリスは無言で孝道を見据えていた。今この瞬間にも孝道がなにか間違いを犯していて、それを非難しているような眼差しだった。——そうだ、挨拶しなきゃ！

「あ、あのっ……下野孝道といいます。今日はその、よろしくお願いしますっ」

彼女の眉間に刻まれていた皺が静かに消える。「……五条アリスよ。アリスでいいわ。よろしく」

「わ、わかりました、アリスさん。……日本語、お上手ですね」

「当然でしょう。あなたが生まれる前から日本で暮らしているんだから」

アリスの生まれはフランスなのだそうだ。しかし、十歳のときに母親が日本人と再婚し、それからはずっと日本に住んでいるという。

「それで……あなた、海堂さんの〝お仕事〟を手伝うのは今日が初めてなんですってね。今までに似たような仕事をしたことはあるの？　ホストとか」

「い、いいえ、全然……」

相手は紛《まご》うことなき大人の淑女《しゆくじょ》。こちらの経験不足などすぐに見抜かれてしまうだろう。ならば先に白状した方がましだと、孝道は考えた。

「それに、あの、女性と付き合ったこともなくて……だからデートの経験もないんです。すみません」

「まあ……正直な子ね」

呆《あき》れたように目を丸くしたアリスだが、やがて小さく頷いた。

「うん、まあ、かっこつけて変な見栄《みえ》を張るよりはずっといいわ。あなたに大人のエスコートなんて期待してないから安心なさい。ただ私の買い物に付き合ってくれれば、それで充分よ」

初仕事のハードルがぐんと下がり、孝道は胸を撫で下ろす。

が、単純に喜ぶ気にもなれなかった。馬鹿にされたみたいで、やはりちょっと悔しい。デートの経験はないけど、それでも僕は、初めてのセックスで女の人をイカせたことがあるんだ……！

ムッとして強気になり、断りも入れずにアリスの手を握った。驚くアリスを、孝道は真《ま》っ直《す》ぐに見つめる。

「いけませんでした？」

「う……ううん、恋人気分のデートだもの。手ぐらい握るわよね」

行きましょうと言って、アリスは歩きだした。目の前の百貨店の入り口を二人で通り抜ける。どうやらここで買い物をするつもりだったようだ。

彼女はもう落ち着いたマダムの顔に戻っている。しかし孝道は確かに見た。

先ほど手を握ったとき、白磁の如き彼女の頬が微かな朱に染まったのを。四十歳の大人の女が、その一瞬、まるで初心《うぶ》な少女のように――。

2

まず最初に向かったのは七階。期間限定で開かれている着物展の会場だった。

衣桁《いこう》にかけられた着物がずらりと並んでいる様《さま》は、まるで絵画の展示を見ているようである。花鳥風月の柄《がら》はどれも雅《みやび》やかで、着物に興味のなかった孝道でも思わず見入ってしまった。

アリスは大の着物好きなのだそうだ。一着一着、時間をかけて見て回る。その後は着物の試着をし、会場内に設置されたスタジオで写真撮影もした。

まとめ髪にしたブロンドヘアに白い肌、そして青い瞳――それらと着物の組み合わせは、なんともいえぬギャップの美を生み、孝道はすっかり見惚《みと》れてしまう。

プロのカメラマンの前で端麗《たんれい》な立ち姿を見せるアリスは、まるで本物のモデルのようだった。撮影後にそのことを告げると、彼女の頬がまた赤くなった。

気づけば一時間半ほど経っていた。だが、アリスの買い物はここからである。

会場を出ると、今度はアリスの方から手を繋いできた。エスカレーターで三階まで戻り、婦人服売り場を見て回った。

（デートなんて、なにをすればいいのかさっぱりだったけど……）

買い物に付き合うだけならなんとかなるかと、孝道は思った。

しかし、その次に婦人肌着のコーナーへ連れていかれると、さすがに困惑せずにはいられなかった。ブラジャーやパンティ、他にも孝道には名前もわからないような女性下着の数々が全方位を埋め尽くしている。

下着姿の女性を見るのは好きだが、下着の山に囲まれるとこれほど居心地が悪いとは——男心とは不思議なものだった。先を歩くアリスに腕を引かれ、孝道は自分の靴だけを見るようにうつむきながらただ付き従った。

楽しげに物色し、気になる下着をチョイスしたアリスは、

「はい、持ってて」と、孝道に次から次へ押しつけてくる。片手では収まらなくなり、

両手いっぱいに女性下着を抱える羽目となる。

　周囲には他の女性客が何人かいたが、幸いなことにジロジロ見られたり、クスクス笑われたりすることはなかった。銀座の高級百貨店に来るような人たちは人間が出来ているのかもしれない。それでも恥ずかしくないわけではなかった。

　ふとブラジャーのタグが目に入る。サイズの欄に印刷されたアルファベットを見て、孝道は目を真ん丸にした。

（Ｊ……!?　Ｊカップってことかっ？）

　唖然としていると、アリスが孝道の腕をつかみ、急かすように引っ張ってくる。

「ぐずぐずしないで、ほら、早く靴を脱ぎなさい」

「え、えっ……？」

　あっという間にフィッティングルームへ連れ込まれてしまった。中はゆったりとした作りで、二人で入ってもそれほど窮屈《きゅうくつ》ではない。

「若い子の感想が聞きたいのよ。つけたら声をかけるから、それまでは後ろを向いていてちょうだい」

「か、感想って……」孝道は戸惑うが、しかしアリスは早くもサマーニットを脱ぎ始めた。慌てて百八十度回転し、壁と睨み合う。

女が服を脱ぐ音、艶めかしい衣擦《きぬず》れの音——

心臓がドキドキした。閉じた空間に二人っきりという状況も妖しい興奮を誘う。

しばらくして、いいわよと声がかけられた。恐る恐る振り返る。

下半身はスカートのまま、上半身にブラジャーだけを身につけたアリスが堂々と立っていた。

「どうかしら？」

「え……その……い、いいと思います」

そう答えるので精一杯だった。正直、ブラジャーのデザインなどにはまるで意識が向かない。Ｊカップの驚異的な膨らみに、ただただ心を奪われる。

その大きさは、巨乳というより〝爆乳〟と表すのがふさわしいサイズである。それを包んで、そして支えているブラジャーは、まるで拘束具のようにも見えた。男を惑わす肉の塊を必死に抑え込んでいる。

アリスは首をひねった。「もうちょっと具体的な感想が聞きたいんだけど……まぁいいわ、それじゃあ次ね」

持ち込んだブラジャーを順番に試していくアリス。カラフルな柄、落ち着いた白や黒、光沢を放つベージュ、可愛らしいリボンがついたもの、華やかな刺繍《ししゅう》を施されたもの。色も形も様々なブラジャーを装着して見せられる。

どれも良かったが、気の利いた褒め言葉は、経験不足の孝道の口からは出てこなかった。いいですね、似合ってます——その程度でボキャブラリーが限界を迎える。

するとアリスは「もっとよく見てっ」と言って迫ってきた。ほら、このブラは自然にボリュームダウンしてくれるから、私みたいに胸が大きくても、服の胸元がみっともなくパツパツにならないの。これはワイヤーがソフトなタイプで、バストの形を無理なくホールドしてくれるのよ。これは通気性と伸縮性に富んだ、汗で痒くならないノンワイヤーのブラ——。

ついには触って確かめなさいと言いだす始末。「これ、わかる？　綺麗な胸をしっかり作ってくれるのに、カップがとても柔らかいの」

手首をつかまれ、豊満すぎる胸元に掌を押し当てられた。ブラジャー越しに想像以上の感触が伝わってくる。

「は、はい……物凄く、柔らかいです……」

まるでつきたての餅のようだった。どこまでも男を受け入れてくれそうな柔和な乳肉。今すぐ鷲づかみにして、滅茶苦茶に揉みしだきたい衝動に駆られる。

さすがにそれは我慢し、掌を軽く押したり引いたりする程度にとどめた。ブラカップの柔らかさを確かめるふりをして、ムニムニとした感触を愉《たの》しむ。

するとカップの向こうになにか硬いものを感じた。ちょうど乳丘の頂上辺りに。

（こ……これって……）

と、急に手首を放される。アリスはすっと一歩退《しりぞ》いた。

「さ、もういいわ。それじゃあ服を着るから、外で待っていて」

アリスは促すように孝道の肩を叩き、頰を緩める。お手伝いをしてくれた子供を褒める母親のような微笑み。

それが――ちょっとだけぎこちないように、孝道には見えた。

3

その後はジュエリー、ハンドバッグ、靴、腕時計――と、アリスの気になる順に回っていき、エスカレーターを何度も上ったり下りたりした。エレベーターは、ボタンを押した後に待たされるあの時間が嫌いなのだそうだ。

アリスが充分に満足して、九階のカフェに落ち着いた頃、孝道はくたくたになっていた。三時間ほど店内を歩き回っただろうか。買い物に付き合うだけでこんなに疲れるとは思わなかった。ちなみに購入したものは、百貨店の配送サービスですべてアリスの自宅に送ってもらう手筈である。

小さなテーブル席に、二人で向かい合って座った。アリスは実にすっきりした顔で、カップのコーヒーを一口飲んだ。

「あんなにいっぱい買ったのは久しぶりよ。ふふっ、やっぱりストレス発散には買い物が一番ね」

数万円するものでもアリスは平然と購入していた。今日一日で彼女がいくら使ったのか、孝道にはもうわからない。

「……僕、あんなにお金を使っている人、初めて見ました」

「呆れちゃった？」

小首を傾げるアリス。ニット生地に包まれた巨乳がゆさっと揺れた。

「そ、そういうわけじゃないですけど……お金持ちなんだなぁって」

まあね——と言い、アリスはまたカップを口元に運ぶ。そして語り出した。

彼女の父方の家系は、代々複数の高級ホテルを経営していて、いわゆるホテル王の一族なのだそうだ。

当然、度外れに裕福なのだが、かといって毎日遊んで暮らしているわけではない。

彼女自身も、一族が経営しているホテルで、総支配人として働いているという。やはり結婚はしていて、夫は同じホテルの副総支配人を勤めている。

「まあ、副総支配人といっても、仕事はほとんど投げ出して、世界中を遊び歩いているのよね。いいホテルを作るには旅する人の気持ちがわからなくちゃ――とか言っちゃって」

　普通なら許されないことだ。が、婿養子とはいえ一応は経営者一族の人間なので、下の者たちも文句を言いにくいらしい。また、その男とは、親の反対を押し切って結婚した経緯があり、アリスもかばわないわけにはいかないという。

「今の夫の有様が親にばれたら、〝だから、あんな男との結婚は反対だったんだ！〟ってことになって、もう二度と私の意見なんて聞いてくれなくなっちゃうわ」

　だからアリスが、本来は副総支配人に任せる仕事もすべてこなしているのだそうだ。

　そのストレスは想像を絶するものだろう。

（それで……若い男と恋人気分で遊んでみたかったのかな）

　アリスのことがなんだか気の毒に思えた。自分が買い物に付き合ったことで、少しでも彼女の気晴らしになったのなら、疲れた甲斐《かい》があった気がしてくる。

　いや、まだまだだ。最後まで喜んでもらえるように頑張ろう。

「あの……この後は、どうしますか？」

「そうね、せっかくだから夕食も付き合ってもらいたいけど……どこかお薦めのお店はある？」

孝道は首を横に振るしかなかった。銀座に来たのなんて初めてだし、そもそもセレブのアリスを連れていけるような店など、貧乏学生の自分が知っているわけもない。すみませんと謝る孝道に、アリスはクスッと笑った。「まあ、まだ夕食にはちょっと早い時間だし、適当にぶらぶらして、もし私の気が向いたお店があったら、そこに入るってことでいいかしら？」

「は、はい、それでお願いします」

百貨店のビルから出たのは午後六時頃だった。出入り口の前に鎮座するライオン像は、待ち合わせの格好の目印になっているようで、多くの人が集まっている。中には、像を背景に写真を撮っている者たちもいた。SNSにでもアップするのだろう。

「せっかくだから私も撮ってもらおうかしら」と、アリスが言いだす。

バッグからスマホを取り出すと、はいと、孝道に渡してきた。

(こんなセレブな人でも、そういうことに興味あるのか)

少々意外に思いつつカメラアプリを起動し、アリスとライオン像が綺麗に収まるよう、スマホを構える。

するとと、違う違うと言って、アリスは孝道を引っ張り寄せた。

「あなたも一緒に写るのよ。ほら、もっとぴったりくっついて」

アリスはカップル自撮りを希望したのだ。横に並んで、肩をぐいっと抱き寄せられる。二人の身体が密着し、二の腕が巨乳に押し当てられた。

「さあ、撮って」

耳元で響く彼女の声。吐息に混ざった仄かな甘い香り。

頬の火照《ほて》りを覚えつつも、じっとスマホの画面を凝視する。孝道の二の腕で押し寄せられて、さらに露骨な膨らみを見せるニットの胸元。これは是非とも構図内に収めたい――

そのとき、少し離れたところにいた二人組の一人が、こちらにさっとスマホのレンズを向けた。

それをアリスは見逃さなかった。「ちょっと、あなたたち！　今、私たちのこと撮ったでしょう！」

「……はぁ？　ラ、ライオンの写真を撮っただけですけどぉ！」

女子高生っぽい二人組は、アリスの怒気にひるみながらも反論する。ただ、その態度はどうにも嘘っぽい。強気ですっとぼけて誤魔化そうとしているように見えた。

アリスがつかつかと詰め寄ると、少女たちは観念し、

「あぁ、はいはい、わざとじゃないけど写しちゃってすみませんでしたぁ。はい、写真は削除しました。これでもういいですよね」

集まる周囲の視線から逃げるように去っていった。怒りの冷めやらぬアリスはそれを追いかける。慌てて孝道も走りだす。

少女たちの姿は人混みに紛れ、すぐに見失ってしまった。アリスは悔しそうにパンプスで歩道を蹴る。そんな彼女に恐る恐る声をかけた。

「あの子たちも、そんなに悪気があったわけじゃないと思いますよ。大抵の日本人は、欧米の人——特に白人の方には憧れがありますから」

「……憧れ？　あの子たちが、私に？」

「え、ええ……つまり、その、アリスさんが凄く綺麗で、だからつい撮っちゃったんだと……」

「変な慰めはやめて！」

アリスは、繁華街の雑踏を掻き消すような大声を出した。

「あの子たち……写真を撮った後にニヤニヤ笑ってたわ。私みたいなおばさんが、若

い男の子とイチャイチャしてるのを面白がってたのよ！」

　一瞬だが、孝道も見た。少女たちの笑っていた顔は──確かにそうだったかもしれない。

　孝道が言葉に詰まると、たたみかけるようにアリスは続けた。

「いいの、自分でもわかってるから。さっきまで私、どうかしてたわ。あなたと私じゃ親子ほど歳が離れているのに……私だってまだまだいける、みたいな勘違いしちゃって。あぁもう恥ずかしい」

「か、勘違いじゃないですよ」

　仕事上のお世辞ではない。本気でそう思っていた。

「僕は、アリスさんの彼氏になった気持ちでしたよ」

「……嘘よッ」

　アリスの瞳が、鋭く見据えてくる。

　ここで目を逸らしたら信じてもらえないだろう。孝道も真っ直ぐに見つめ返す。

　やがて──アリスは言った。

「……だったら、抱いてちょうだいッ」

　腕をつかまれ、孝道は近くのタクシー乗り場まで連れていかれる。スマホで電話をかけるアリス。「もしもし、そちら今、空いてるスイートの部屋はあるかしら？　いつ？　だから今よ、今日っ」

ホテルの空室状況を確認しているらしいが、孝道は耳を疑った。今、スイートって言わなかったか……？

「ええ、ええ……構わないわ、じゃあその〝デラックススイート〟でお願い。これからすぐに行きますから」

電話を切った後、アリスは孝道と目を合わせようとしなかった。

話しかけてはいけないオーラを感じ、孝道も無言でタクシーを待つしかなかった。

4

タクシーに乗って、ほんの数分で到着する。

それは孝道でも知っている、超がつくほど有名な高級ホテルだった。

「こ……ここって、もしかして、アリスさんが総支配人をしているホテルですか？」

まさか——と、アリスはかぶりを振る。自分が務めているホテルに男を連れ込むほど馬鹿じゃないわ、と。

フロントでチェックインし、ベルボーイに案内されてエレベーターで上層階へ。カードキーを使い、セキュリティのための宿泊者専用ゲートを潜る。ふかふかの絨毯《じゅうたん》を踏み越え、長い廊下を進み、その先に〝デラックススイートルーム〟はあった。

室内に入って中の様子を見るや、孝道の足はすくんだ。

想像を絶する広さ、豪華さだった。リビングだけで、二人が泊まるには充分すぎるスペースがある。大きなソファーにフットスツール付きのリクライニングチェアもあるから実際可能だ。

しかし、当然ながらベッドルームはちゃんと別にあった。品のいい茶系統で統一された室内には、二人で寝ても余りあるほどのベッドが、しっかりと二つ設置されている。おそらくはキングサイズだろう。

(こんなベッド……僕の部屋に置いたら、身動きできなくなるな)

場違いなところに来てしまった感が激しく募る。大型テレビを備えつけた木製のキャビネット、窓際に据えられたライティングデスク、椅子の一つ一つに至るまで、どのインテリアも高そうなものばかり。間違って傷でもつけてしまったらどうしようかと、とてもではないが落ち着けない。窓から見えるあの建物は国会議事堂か？

「この部屋、高いんでしょうね……」

「そうでもないわ。一泊でざっと二十万くらいだもの」

孝道はめまいに襲われた。想像を遙かに超えていた。

だが、圧倒されている暇はすぐになくなる。ベルボーイが部屋の説明を終えて退出すると、アリスは「シャワーを浴びるわ」と言って、早速服を脱ぎだしたのだ。

すでに覚悟を決めていたのか、躊躇う様子はなかった。サマーニットを脱ぎ、キャミソール、スカートも。下着姿になると——孝道の顔をちらりと覗いてから——ブラジャーを外し、そしてパンティを両脚から抜き取る。

フランス産の熟《う》れた女体が、そのすべてが露わとなり、豪勢なスイートルーム以上のインパクトで孝道の心を奪った。

さすがにJカップともなると、ブラジャーの支えなしに形を保ち続けることは無理だった。しかし、少しばかり肉房が下を向いた程度である。むしろその崩れ具合が、熟成した乳肉の柔らかさを表していて、牡の食指がウズウズしだす。

白い女体は、食べ物でいえばまさに旬を迎えた様子。肩にも、腰にも、太腿にも、しっかりと脂《あぶら》が乗っていた。ウエストや足首のくびれは緩やかな曲線を描いている。

敦子の身体のような完璧さはなかったが、わずかな女体の隙が、男の心を和《なご》ませてくれた。つい甘えたくなってしまうような雰囲気を醸《かも》していた。

そして、ある意味で巨乳以上に孝道を驚かせたのは——股間の三角を覆うブロンドの恥毛だった。

欧米ではアンダーヘアをすっかり剃《そ》り落としてしまうことも多いらしいが、十歳から日本育ちの彼女にはその文化は無縁だったようだ。金色なのでそれほど目立たないが、なかなかの草叢が茂っている。

「あ……じゃ、じゃあ、どうぞごゆっくり」

白人マダムの豊艶なヌードによって、孝道の股間は瞬く間に充血していった。ばれないようにベッドに腰掛け、引《ひ》き攣《つ》った笑みを浮かべる。だが、

「なに言ってるの、あなたも一緒に入るのよ。早く脱ぎなさいっ」

セミロングの髪をアップにまとめ、アリスは腰に手を当てて言った。

女の裸を見ただけで呆気なく反応してしまったイチモツを晒すのは恥ずかしい——が、さりとて断るわけにもいかない。孝道は諦めて衣服を脱ぎ、最後に一瞬躊躇ってから、ボクサーパンツをずり下ろす。

手で隠す方が逆にかっこ悪いと思い、覚悟を決めて勃起を晒す。

「まあ……」と呟き、瞳を真ん丸にするアリス。

熱い視線を感じ、陰茎はますます怒張した。鎌首をもたげ、ヒクッヒクッと脈打つ。

「うちの夫の倍くらいあるわ。それに凄く元気。私の裸を見ただけで、オチ×チンをそんなふうにしちゃったのね」

青筋を浮かべ、力強く反り返る肉棒。

どれだけの言葉を尽くすよりも雄弁に女体を褒め称えていた。

頬を赤くし、照れながらもどこか嬉しそうにアリスは微笑む。「……さあ、いらっしゃい」と、手を取ってバスルームへ誘われた。

超高級ホテルだけあって、なかなかの広さのバスルームだった。夫婦と子供の三人家族でもいっぺんに入れそうである。床は、硬く冷たいタイルではなく、ややクッション性を帯びた素材で出来ていた。

(おお、これなら……この場で寝転んだり、四つん這いになっても痛くないな)

バスルームでのセックス、それは男の憧れの一つだ。熟れ肉に包まれた女体をチラリチラリと眺め、淫らな期待を膨らませる。

「さあ、お願い。私、肌が敏感だから、スポンジは使わないで」

アリスが豊満なる胸を突き出してきた。

迫力の光景に、孝道は生唾を飲む。乳首の色が淡く、年齢のわりに初々《ういうい》しいのは、日頃から身体のケアを入念に行っているだからだろうか。

ボディソープは、バスルームの前にある洗面台の引き出しに入っていた。掌で泡立て、女の細首から洗い始める。あくまで身体を洗っているのだと、まるで誰かに言い訳をするように、デコルテにも丁寧に泡を塗り広げていった。

それから、いよいよ掌は、白き名峰の裾野を登っていく。

一気に登頂せず、様々な方向からアタックする。女の身体の中でも特になめらかな乳房の肌は、泡をまとった掌をたやすく滑らせた。

ヌルリ、ヌルリ――その快美な感触を味わいながら、下乳をすくい上げるようにして揉み洗いをする。

「うん……そこは汗が溜まりやすい場所だから、しっかりと、ね」

言われるまでもなく、孝道はせっせと手を動かした。信じられないほどの柔らかさはまるでメレンゲのようである。ちょっとの力で儚《はかな》く形を変える。が、どれだけ男の手に弄《もてあそ》ばれても、何度でも元どおりとなった。

そして確かな重みが両腕に伝わる。その存在感に、孝道は感動と興奮を高めていった。アリスの鼻息も微かに乱れている。眉間の皺が、これ以上焦《じ》らさないでと言っているようだ。

孝道は、左右の掌で乳丘の頂上を一撫でする。女体がピクッと震える。

揃えた指の先で円を描くと、肉の突起はみるみるうちに充血した。コリコリとした感触が心地いい。

「ああっ、撫でるだけじゃなく、指で、ね、つまんだりして……そ、そう、そうよぉ……あぁん、あなた、なかなか上手じゃない」

デートをするのは今日が初めてだったが、女の身体への愛撫は経験済みである。敦子の指導を思い出しつつ、指先でこね、二本指でつまんでしごく。多少荒々しく擦っても、泡のおかげで女体には愉悦があるだけのようだ。

「やっ……あうぅんっ……先っちょがぁ、あ、あっつぅい……ん、ンンッ」

アリスの喉の奥から悩ましい呻き声が漏れ出す。その声に男の優越感がそそられ、股間のイチモツはさらに猛《たけ》った。お金持ちで、大人のアリスさんが、この僕の愛撫で感じてるんだ。

夢中になって責め続ける。乳首だけでなく、パステルピンクの乳輪も撫で回した。泡にまみれていなければ、乳輪ごとパクッと咥え込みたかった。勃起しきった肉突起は、まるで小粒のフルーツのよう。

「くううッ……ね、ねえ」喘ぎ交じりにアリスは言った。「とっても気持ちいいけど……そろそろ、他のところも洗ってちょうだい……ね？」

「あ……は、はいっ」

女性を満足させるのが仕事なのに、つい自分のやりたいことに熱中してしまった。慌てて女の腹部に手を移動させる。腹部を泡で塗り尽くしたら、次は左右の肩から腕へ。洗いながら謝った。「あの……すみませんでした」

「いいのよ、別に。ふふっ、男の子は本当にオッパイが好きよね」

アリスは慈愛の表情で目を細める。「でも……できればもっと若い頃のオッパイを触らせてあげたかったわ。昔はね、もっと張りがあったのよ」

三十を過ぎた頃から、バストラインがじわじわ下がっていったという。敦子に良いスポーツジムを紹介してもらい、エクササイズに励んだ結果、多少は改善したのだそうだ。が、

「運動ってあんまり好きじゃないのよね。若い頃と同じくらいのオッパイに戻すには、もっともっと頑張らなきゃいけないらしいんだけど、仕事も忙しいし……それに今さら努力したところでねぇ」

もういい年なんだしと、アリスは寂《さび》しげに笑う。

あぁ、そんな顔をされたら、慰めてあげたくなる――

「アリスさんは、まだまだ、これからも、ずっと綺麗だと思いますよ」

だからエクササイズが無駄な努力になることはないと伝えた。別にお世辞を言ったつもりはない。十年後も、二十年後も、アリスは美人のような気がした。

「ただ……今のアリスさんの柔らかなオッパイも、僕は大好きです。触っていると、こう、包み込まれるような感じで、とっても癒やされます」

それに少し崩れている方が、爛熟した果実を連想させて、なんとも官能的である。

「そう——ありがとう、孝道」

アリスの手が伸び、孝道の頬に触れた。そっと撫でられる。

「じゃあ、せめて現状維持できるよう頑張るわ」

陰りのない微笑みを浮かべるアリス。孝道もはにかみながら笑みを返した。

そして、アンダーヘアとは裏腹に、手入れの行き届いたツルツルの腋《わき》の下を洗う。

その次は背中だ。彼女の後ろに立つと、金糸の如きブロンドヘアとうなじの艶美なる様にしばし見とれた。

それから染み一つない真っ白な背中に掌を滑らせる。

途端に女体がビクビクッと震えた。

「くすぐったいですか？」

「え、ええ、まあね。背中はざっとでいいわ」顔だけ振り返り、アリスは言う。

わかりましたと、孝道は手の動きを再開した。女の朱唇からときおり声が漏れる。あっ、んんっ——色っぽい我慢の呻き声を聞いていると、沸々と悪戯心が湧き出す。

ツーッと背筋を指先でなぞると、背骨が折れんばかりにのけ反った。

「ンヒャアッ……ちょ、ちょっとぉ！」

聞こえないふりをして、さらに続ける。アリスは、イヤぁ、ダメぇと、悲鳴を上げた。が、その声はどこか男に甘えるような、媚びるような音色を帯びていた。イチャイチャしている恋人同士という感じが、孝道をさらに高揚させる。

「あ、ああっ、背中はもういいからっ……ヒイッ、わ、脇腹っ、ダメえぇ」

立っていられなくなってバスルームの壁に手をつくアリス。女体が戦慄き、尻肉がプルプルと震える。孝道は改めて掌でボディソープを泡立てると、新たなターゲットに狙いを定めた。

床に膝をつき、せっせと粘土をこねる幼児のように女尻を揉みほぐす。胸のボリュームに比例するかの如く、ここにも熟れた果肉がたっぷりと詰まっていた。実に洗い応え、揉み応えがある。

両手で鷲づかみにして左右に広げると、大きな臀丘の谷間にアナルの窄まりが垣間見えた。

そして、その奥には女の秘部が——。

（そこまで洗っちゃっていいのかな……？）

結局、そこは避けて、ムッチリとした太腿へ。ふくらはぎを経て、足の裏や指の一本一本まで泡で擦る。

それじゃあ洗い流しますねと、孝道はシャワーヘッドを手に取った。すると、

「あなた、お風呂に入ってもオチ×チンを洗わないの？」

「え……も、もちろん洗いますよ」

「じゃあ、私のここ——アソコも洗ってちょうだい。まだでしょう？」

アリスは床に腰を落とし、コンパスを大きく広げた。

乳首より少し濃い色、サーモンピンクの花弁が、大陰唇の狭間にはっきりと見える。荒ぶる心臓を感じながら、孝道はまずブロンドの陰毛をワシャワシャと洗った。いったん全身の泡を洗い流す。

「女のアソコはね、専用のボディソープじゃないと沁みちゃうのよ」

ここのボディソープは高級品らしいが、女陰も洗えるタイプではないようだ。

彼女に言われ、シャワーの湯を当てながら指で肉溝を擦っていく。外側も内側も、丁寧に。小陰唇も広げて伸ばして。

蕩けるような完熟ボディに比べ、媚粘膜の様子は意外とすっきりしていた。一回り近く年下の敦子の方が、ラビアも充分に発達していて、ずっと使い込まれている感じがした。これまでアリスはあまりセックスをしてこなかったのだろうか。いや、もしかしたらオナニーすら――想像すると、そそり立つ肉柱がズキズキと疼《うず》く。

花弁の合わせ目にある包皮を優しく擦っていると、すぐにコリッとした感触が生じた。豆粒のような感触は中でどんどん膨らんでいく。女の太腿が痙攣し、艶めかしい筋が浮かんでは消える。

「ひっ……ううっ……そ、そこはぁ……んふぅ」

悩ましく眉根を寄せて、アリスがじっと見つめてきた。孝道はおずおずと尋ねる。

「あの……隅々まで洗った方がいいんですよね？」

「も、もちろんよ……」

それならばと、孝道は包皮をめくってクリトリスを露わにした。

肥大した肉粒は、小指の先ほどの大きさだ。そこに直接シャワーの水流を当て、指の腹で優しく撫で擦る。

「アアッ！　シャ、シャワー凄い。クリが、クリがっ、ムズムズするうぅ」

バスルームの壁に甲高い嬌声が反響した。わずかな汚れも残すまいと、牝勃起の付け根まで指でほじくるように擦った。限界まで充血した陰核は、今にも弾けそうなほどに張り詰める。

「はひっ、いいんっ……た、孝道、上手ぅ！　あなた、女のアソコに触るの……は、初めてじゃ、ないでしょうっ？」

「え、ええ。海堂さんの面接を受けたときに……」

「まあっ……ああ、あうぅ……デートの経験もないなんて言ってたから……くうぅ、だ、騙されたわぁ……アアッ、指で、指で、シコシコするなんてエェ！」

熟腰が大きく跳ねる。亀裂の奥で、女壺の口がパクッパクッと開いたり閉じたりしていた。

誘われるように中指を差し込んでみる。中はすでに充分すぎるほど潤《うる》み、火傷しそうな牝の熱を帯びていた。親指の方でクリ責めを続行しつつ、中指で探りを入れる。

すぐに見つかった。ぐっと押してみる。

「ンオオオッ！　そこは、ああっ、洗わなくていいのおォン」

押せば女の泉湧く。Gスポットへの刺激で、新たな淫蜜がどっと浸み出してきた。

後ろ手に突っ張っていた腕がカクンと折れ曲がり、アリスはM字開脚のまま床に背中をつけた。服従する犬の如き無防備な格好を晒す。

孝道は、シャワーと指でさらに女体を追い詰めていく。

（このまま続けたら、イッちゃうだろうな）

美しき白人セレブは、いったいどんなアクメ姿を見せてくれるだろう。期待が膨らむ。ぷくっと膨らんだGスポットに対し、いろんな指使いを思いつくまま試みた。鉤状に曲げた指で甘やかに引っ掻いたときが、アリスを最も蕩けさせた。

「アアーッ、それ、それ、それっ……が、一番、好きいぃ。もうイキそう、ダメダメ、イッちゃうウゥウッ」

「ダメ？　えっ……いったん止めますか？」

また独りよがりな愛撫になってしまったのではないかと、孝道は不安になった。指の動きを緩めて、アリスの反応を待つ。

だが、それは杞憂《きゆう》だった。アリスはもじもじと腰をくねらせ、潤んだ瞳で恨めしげに孝道を睨みつける。

「も、もう……意地悪うぅ……お願い、続けて、指で、イ……イカせてぇ！」

「あ……はい、すみませんっ」

孝道は慌ててピストンを再開する。急所の膨らみに指先をひっかけて、擦る、擦る。

彼女の膣粘膜は実に柔らかく、指の一本くらいは軽々と呑み込んでいた。むしろ物足りなさそうだ。試しにもう一本加え、人差し指と中指で抽送する。粘膜との密着感が増し、ジュッポジュッポという卑猥な音が今まで以上に響いた。

「んおおっ！　いい、い、いっ……くく、ウウウッ」

とどめとばかりに総攻撃を喰らわせる。剝き出しの陰核にシャワーヘッドを寄せ、二、三センチの至近距離から糸のような水流をお見舞いした。

アップにまとめていた髪を振り乱して——ついにアリスは絶頂に至る。

「う、う、イック……あああ、んっ！　イクッ、イクイクぅ、んーッ‼」

一泊二十万円するというホテルのバスルームに牝の淫声が木霊《こだま》した。勢いよく跳ね上がった腰が、ブルブルと痙攣する。

声がやむと、マリオネットの糸が切れたみたいに熟臀が床に落ちた。

ぐったりと四肢を投げ出し、荒い呼吸に巨乳を上下させる。

指を引き抜き、シャワーを止めた孝道は、力を使い果たしたようにゼエゼエと喘ぐアリスが心配になった。顔を近づけて、大丈夫ですか？　と尋ねる。アリスは気だるそうにまぶたを開いた。目が合うや——

がばっと腕を回してきて、頭を抱き寄せられた。

気がついたときには互いの唇が重なっていた。呆気に取られる孝道の唇をこじ開け、アリスの舌がヌルリと侵入してくる。

男の舌を見つけると嬉々として絡みついてきた。孝道にとっては初めての口づけ、情熱的なディープキスが始まる。

5

シャワーも使ったとはいえ、ただの手慰みでこれほどの快感を得たのは、アリスの人生で初めてのことだった。

(セックスでも、こんなに気持ち良くなったことはないわ……)

単なる肉悦だけでなく、脳髄がドロリと溶けてしまいそうなほどの幸福感があった。オルガスムスの余韻に浸りながら、しばらくは舌を絡ませ続ける。愛欲に溺れた若い二人を想像し、恋人同士の気分になりきって——。

互いの粘膜が擦れ合うと、滲み出る快美感にゾクゾクした。アリスは鼻息を乱し、若い男の口内を貪《むさぼ》る。舌先で歯茎をなぞり、上顎の裏をくすぐり、瑞々しい唾液をすすっては喉に流し込んだ。

孝道も舌を動かしてくる。しかし、恐る恐るというか、なんとも初々しい。一生懸命、アリスの真似をしているという感じだった。

チュプッと音を立てて口づけを解く。「あなた、もしかして……キスは初めて？」

「は、はい……やっぱり、下手でしたか？」

申し訳なさそうにする孝道に、アリスの方こそ胸が痛んだ。四十歳のおばさんが、未だ少年の面影を残す初心な若者のファーストキスを奪ってしまったのだ。

「う、ううん、別に下手ってわけじゃないわ。ただ、女をイカせるほどの愛撫ができるのに、キスの仕方は控えめだったから。海堂さんから教わってなかったの？」

はい——と、孝道は頷く。

そして照れくさそうに微笑んだ。「だから、その……僕、とっても嬉しいです。初めてのキスが、アリスさんみたいな素敵な人で。一生の自慢に……あ、も、もちろん、誰にも言いませんけど」

そう言って、アリスの腕を優しくほどき、本気汁にまみれた女陰をシャワーで流してくれた。それから自身の股間のものもボディソープで手早く洗う。

そんな彼をぼうっと眺める。アリスの胸中では、長年忘れていたものがすっかり目を覚ましていた。

（どうしよう、私、このままじゃきっと、この子に夢中になっちゃう）

いや、おそらく、もうなっている。自分が孝道の年齢にまで若返って、本当の恋人同士になったかのような気分だった。我ながら愚かだと思うが、これこそがママ活に求めていたものだったのだ。

バスルームから出ると、なにも言わずとも孝道が体を拭《ふ》いてくれる。十歳でホテル王の一族の娘となり、それ以来、お嬢様扱《あつか》いには慣れていたが、孝道の奉仕は使用人たちのそれとはどこか違った。

(自分でも馬鹿みたいって思うけど……愛を感じるのよ)

誠意と欲情がせめぎ合っているような彼の奉仕で、身体だけでなく女心も熱くなっていく。最初はあくまで遊びのつもり、恋人ごっこのつもりだったが、今はもう自分で自分を止めることができない。そこまで嵌まり込んでいた。

夫はもう、アリスをこんな気持ちにはさせてくれない――。

アリスは若い頃から周囲の注目を集めていたが、裕福すぎる家柄とヨーロピアンな美貌のせいで逆に男子たちを萎縮《いしゅく》させてしまった。結局、一度の恋愛経験もなく大学を卒業した。学生のうちに経験を積んで、男を見る目を養っておけばと、今では後悔する。

結果として――父親のホテルで一従業員として働きながら経営の勉強をしていたア

リスは、十歳年上のコンシェルジュ主任にコロッと落とされてしまった。初心だったアリスは初めての恋愛に舞い上がり、親の反対を無視して、一年ほどで結婚する。できちゃった婚だった。

しかし娘を出産した頃には、夫はすっかり自分に興味をなくしていた。彼の本当の好みが〝男に従順な小柄な女〟だと気づくのは、その後しばらく経ってからである。それでもアリスに手を出したのは、ホテル王の一族の娘だったからだろう。

視察の名目で海外を遊び歩き、滅多に家に帰ってこない夫。仕事では寂しさは埋まらず、アリスはママ活に興味を持った。女として、もう一度ドキドキするような体験をしてみたかった。

(……今だけでもいいの。この子の彼女になりたい)

全身の水気を拭き終えて、孝道が尋ねてくる。「バスローブ、使いますか?」

「ううん……いらないわ、そんなもの」

裸のまま、孝道の手を引いてベッドルームへと戻った。

勃起しっぱなしの肉棒に、内心の緊張を隠しながら手を伸ばし、触れる。ああ、なんて硬いのかしら。それに凄く熱くて——ピクピクと脈打っているわ。

「あなたのオチ×チン、お風呂に入る前からずっとこうね。若い子って、みんなこんなに元気なの？」

「これは、その」孝道は、はにかみながら答える。「目の前に、こんな……その、セクシーな裸があるからで、男なら多分、誰でもこうなると……」

「あら、私のせい？」

「そ、そういうわけじゃ」

アリスはぺろりと舌を出して見せた。「ふふっ、じゃあ私が責任持ってこのオチ×チンを鎮《しず》めてあげないといけないわね」

ベッドの端に腰掛けるよう指示する。そして、その前にひざまずいた。「もっと脚を開いてちょうだい……ええ、そうよ」

若牡の股の間で膝立ちになると、天を衝く勢いの肉柱に指を絡ませ、静かにしごき始める。いや、しごくというより、五本の指でさわさわと撫でている感じだ。

こんなことをするのはおよそ十五年ぶり――結婚する前の夫にせがまれて、二、三度試してみたことがあっただけだ。あの頃は、男性器に触れるのが恥ずかしくて、すぐにやらなくなってしまった。

（こんな……感じで気持ちいいのかしら？）

もう少し強く、掌全体でしっかりと握ってみる。摩擦の度合いはぐっと上がった。

と、孝道は小さく呻き、プルプルと膝が震えだす。しばらく続けると、掌の中で若茎が跳ねるや、鈴口から透明な液体がトロリと溢れた。

(これ、先走り液とかいうやつよね)

男が気持ち良くなっている証拠に、アリスの胸は躍る。

フル勃起と思われた肉棒が、さらに硬く、熱くなった。生々しい感触が、女の情欲を高ぶらせていく。手擦りが加速する。

頰を赤くし、乱れた吐息を漏らし、眉間の皺をピクピクと震わせる孝道。ときおり切なげにキュッとまぶたを閉じる。

(ああん、若い男の子が感じている顔、とっても可愛いわ……!)

もっと感じさせてあげたい。アリスは限界までにじり寄って、ペニスの先端に顔を近づける。ソープの匂いに混ざった微かな肉臭を、牝の嗅覚は敏感に感じ取る。

孝道の顔を見上げて、アリスは言った。「……私ね、いい年だけど、オチ×チンを口でするの、初めてなの。上手じゃないと思うから、先に謝っておくわね」

舌を伸ばして、太い幹に触れる。

顔ごと動かして、陰茎の裏側を繰り返し舐め上げた。

「ああっ……そ、そんな、申し訳ないです。そこまでしてもらったら」

「いいの、させてちょうだい。私がしてあげたいんだから……はむっ」

今までやったことがない——とはいえ、伊達《だて》に四十歳ではない。多少の知識はあった。唇で竿を締めつけ、ゆっくりと頭を前後に揺する。巨砲のすべてを咥え込むのはさすがに無理だったので、上半分だけに精一杯の口奉仕を施す。朱唇の隙間から、チュポチュポとはしたない音が漏れる。

「ア……アリスさんみたいなセレブの奥様にチ×ポをしゃぶってもらえるなんて……恐れ多くて……でも、それが逆に興奮しちゃいます」

鼻息を乱しながら、すみませんと孝道は謝った。

(謝らなくていいのよ。今は私……あなたの彼女でしょう？)

自分の初めてをこの若者に捧げることができて、心は陶酔の域にたゆたう。

また、ゴツゴツとした肉幹と唇が擦れ合う感触は、アリスにも不思議な心地良さをもたらした。雁の段差が唇の裏側にひっかかりながら潜り抜ける——そのときなどは、くすぐったいような、仄かな肉悦すら感じた。上の口で男を迎え入れているのに、下の口が早くも潤みだす。

だが——いつまでも同じことの繰り返しではさすがに単調だと思った。いったんぽっと、いったん肉棒を吐き出す。

「ねえ、孝道、他にどうしたらいい？　私に、フェ……フェラチオの仕方を教えて」

「えっ……フェラチオの仕方、ですか」孝道は戸惑い、首をひねった。「うーん……じゃ、じゃあ、さっきのキスのような感じで……」

「キス……？」

「つ、つまり、僕のチ×ポに舌を絡ませていただけると……もし嫌じゃなかったら、ですけど」

「わかったわ」

早速、アリスはまた男根を咥えた。こんな感じかしらと、亀頭に舌を擦りつけながら抽送する。キスとは良い比喩《ひゆ》だった。すぐにコツをつかみ、せっせと首を振りながら陰茎と舌を交わらせる。

舌先が雁エラや裏筋と擦れるや、「あ、い、今のです……！」と、孝道が教えてくれた。他には、しゃぶりながら幹の根元をしごくことや、陰嚢《いんのう》を優しく揉みほぐすことなども。

アリスは、今日一日でどんどん淫らな女になっていく。そのことに歓びすら覚え、さらに熱心に牡の性器を慈《いつく》しんだ。そしてとうとう孝道が臨界を越える。

「アリスさん、も、もういいですっ。もう、で、出ちゃいます、からッ……！」

それでもペニスを咥え続け、奉仕の手は緩めなかった。どういう結果になるかはわかっている。覚悟している。唇を、舌を、左右の手を、指を――すべてを駆使して牡を追い詰めた。掌の中の陰嚢がキュキュッと収縮する。

「う、う、ウウウッ、出るッ！」

それは想像を遙かに超える衝撃だった。

水鉄砲を、銃口を咥えた状態で撃ち出されたかのようだった。噴き出した白濁液が一直線に喉の奥を貫く。

むせるのを我慢できなかった。思わず男根を吐き出す。射精はまだ続き、二発目、三発目のザーメンが、アリスの顔面に勢い良く浴びせられた。

「あ、あっ……す、すみませんッ」

孝道は慌ててベッドの縁《ふち》から腰を上げ、身体をひねって、アリスの掌から陰茎を抜き取った。最後の液がピュッと放たれ、美しい柄の絨毯に落ちる。

アリスの美貌は、大量の牡のエキスにまみれていた。

汚された？　いや、違う。心の中でかぶりを振る。染められたのだ。

青臭い香りを胸一杯に吸い込む。うっとりしながら口内に残っていた白濁液を飲み込んだ。苦さとしょっぱさの混ざった奇妙な味だが、孝道の快感の証《あかし》だと思うと、不思議と美味に感じられた。脳内にピンクの靄《もや》がかかり、情欲と幸福感が込み上げてくる。

孝道が濡らしたタオルで顔を拭いてくれた。その間もアリスは、未だ萎《な》えていない彼の肉柱に目が釘付けだった。あれが欲しい。身体の内側からも、この子に染められたい！　膣路は充分すぎるほど潤い、子宮が甘やかに疼く。

ベッドに上がり、孝道を促す。後ろからちょうだい――と。

肘と膝をついて四つん這いになり、挑発するように尻を突き出した。

バックが好きというわけではない。むしろ夫には一度もさせたことがなかった。レイプを想像させる屈辱的《くつじょくてき》な体位だ。

しかし今は、この若い牡に征服されたかった。自ら性器を晒す羞恥心も官能のスパイスとなり、女体をさらに燃え上がらせる。

「わ、わかりました」しとどに濡れた秘唇を覗き込み、前戯不要と理解した孝道は、膝立ちの格好で女の股ぐらに身を据えた。「……じゃあ、いきますよ」

ずぶり、ずぶりと、野太い肉の槍が女肉を貫いていった。

セックスはもちろん、出産経験もあるアリスだったが、まるで鉄のように硬いものが進入してくるこの感覚は衝撃的だった。しかも、

（え……う、嘘、まだ入ってくるの？）

夫の陰茎では届かなかったところ、ある意味で未だ処女を守り続けてきた膣穴の奥地に、若き男根が突き進んでくる。切り開かれていく。

そして亀頭がついに膣底に当たった。軽く、トンと――。

その瞬間、未知の感覚がアリスを襲う。

甘く鈍い痺れが、ぞわぞわっと腰の奥から湧き上がった。

6

アリスが奇妙な呻き声を上げたので、孝道は動きを止めた。

「え……だ、大丈夫ですか？」

少しの間を置いて、アリスは答えた。「だ……大丈夫、なんでもないわ。こんなに奥まで突かれたのは初めてだったから、ちょっと驚いただけ」

女の初めて――と聞くと、孝道はつい気分が良くなる。つまり彼女の知っているペニスの中で、自分のモノが一番ビッグサイズということだ。しかし、喜んでばかりもいられない。

この仕事が決まってから、孝道なりにインターネットで勉強していた。子宮の入り口にあるポルチオは、女にとっての最高の性感帯であるが、人によっては痛みを覚えることもあるという。

「あの……じゃあ、あまり深く挿入しない方がいいですか？」

「ううん、平気よ。別に痛かったわけじゃないから。それどころか……うん、ちょっと気持ち良かったかもしれないわ」

だから遠慮なく奥まで入れてちょうだい——と、アリスは言った。その方があなたも気持ちいいでしょう？　と。そして色っぽく腰をくねらせる。ペニスの根元が右へ左へとよじられる。

「あっ……ううっ……は、はい」

孝道はゆっくりと腰を振り始めた。熟れた膣肉は実に柔らかく、伸縮性に富み、肉棒の凹凸に沿ってぴったりと吸いついてきた。雁首を始めとする性感ポイントのすべてが、蜜をたっぷり蓄えた肉襞によっていっせいに擦られる。

敦子としたときの、半ば暴力的に射精を迫られるような愉悦とは違って、優しい快美感に包み込まれていた。敏感な若茎にはちょうど良い嵌め心地である。

そしてアリスもまた、孝道のイチモツから充分な快感を得ているようだった。

「はぁん……やっぱり、奥、いいみたい……オチ×チンが当たると、ジン、ジンって、痺れて……あぁ、自分の身体がこんなふうになるなんて、知らなかったわ……！」

すでに放出していて、すぐに果ててしまう心配がないため、孝道ものびのびと腰を動かせる。大きくなったストロークで亀頭が膣底を打つと、アリスは極上のマッサージを受けているかのように熱い溜め息を漏らした。

首をひねって、媚びるような流し目で、そっと語りかけてくる。ね、もっと強く突いても大丈夫よ――と。朱に染まった目元。しっとりと濡れた青い瞳が、孝道を見つめる。

官能が高ぶり、孝道は抽送に力を込めた。乾いた音を響かせて、熟臀に腰を叩きつける。タプタプと波打つ、ふくよかな尻肉。

それがクッションとなって、嵌め腰の衝撃を適度に吸収していた。亀頭はあくまで軽く、膣路の奥壁をノックした。トン、トン、トン、と。

結果的に、性感帯として目覚めたばかりのポルチオには、そのソフトな衝撃こそが有効だったようだ。目に見えてアリスの反応は良くなっていった。

「あ、あっ、イイッ、どんどん、気持ち良くなって……いっ、ひっ……ああっ、アソコが、どうにかなっちゃいそう……よおっ」

ブロンドに白い肌のフランス美女が、はしたなくも身をよじって悶えていた。四つん這いで、背中から首まで反らし、交尾中の牝犬の如く、アアン、ハアンと姦《かしま》しく吠える。まるで洋物のＡＶを観ているような気分になった。

そして乱れ姿とはまた別の反応が孝道を驚かせる。

(えっ……オ、オマ×コの中が……!?)

うねりだしたのだ。肉襞の一つ一つが意思を持ったかのように蠢きだした。まるで何百、何千という線虫が、肉棒に絡みついているみたいだった。おぞましくも妖しい愉悦に背筋がゾクッとする。

ネットで見たぞ、確か——

「ア、アリスさん、ミミズ千匹なんですか?」

「え、え、ミミズ……? やだ、気持ち悪いこと、い、言わないでぇ……んああっ」

ミミズ千匹とは優れた膣壷の一種、いわゆる名器である。そのことを説明したが、アリスは首を横に振った。夫からもそんな話を聞いたことはないという。

(もしかして、ポルチオで感じることがスイッチになったのか?)

それが引き金となってミミズ千匹が発動したのかもしれない。優しく包み込んでくれていた慈母の如き肉路は、一転して、射精をせがみ媚びる娼婦の淫穴と化した。

（ああっ、たまらない！）

鷲づかみにした女腰に指を食い込ませ、さらなる嵌《は》め腰に励んでしまう。

貧乏な自分とはまるで違う世界の人、セレブなマダムを犯している——そんな昏《くら》い衝動に任せてピストンし、射精感がどんどん高まっていくのも構わず、ボリューミーな熟臀を肉太鼓にする。

「アアッ、凄いわ、孝道、孝道イィ！」

尻たぶがみるみる赤くなっていく。アリスの肘がブルブルと震え、今にも上半身をベッドに突っ伏してしまいそうだった。抽送のリズムにJカップの乳房は翻弄され、タプンタプンと振り子のように揺れ動いている。

あれを揉まないなんてもったいない！　手を伸ばし、彼女の背中に覆い被《かぶ》さる。すると体勢が変わったことで腰の可動域が極端に狭くなった。ほとんど動かせなくなってしまう。あ、あれ？　くそ、どうしたらいいんだ……そうだ！

孝道は、アリスの胴に腕を回し、せーのと引っ張り上げた。

「ひゃっ、な、なにっ？　あ、あうぅんっ！」

アリスの上半身を持ち上げて、後背位から背面座位へとシフトした。正座をした孝道の太腿の上にアリスがまたがる格好となる。結合部に彼女自身の体重がかかり、女体はさらに深くまで串刺しとなった。亀頭が膣底の肉をグリッと抉《えぐ》った。

「クウウッ、す、凄い……子宮の中まで、オチ×チンが……ああ、あぁあ、は、入ってきちゃいそうよおッ」

「アリスさん、えっと、十センチほど腰を浮かせてください。もっと……そう、それくらいの高さで。じゃあ、いきますよ」

アリスを膝立ちにさせると、正座の格好から腰を突き上げる。抽送を再開する。

太腿と膝にかなりの負荷がかかったが、この体勢ならちゃんとしたピストンになった。自由になった両手で、揺れる巨乳を後ろから鷲づかみにする。荒々しく揉みほぐし、乳首をつまんでキュッキュッと押し潰した。こね回した。

「はひっ、ンヒイイッ、乳首、イヤぁ、ジンジンするウゥ！　そんな、オッパイまでいじめられたら……あううぅ、イッちゃう、イッちゃううッ！」

アクメが近づけば、膣壺の中の肉ミミズもますます活発となる。

若茎は、蠢動《しゅんどう》と摩擦の激悦に晒され、鈴口から精液混じりのカウパーを止めどなく吹きこぼした。孝道も限界を予感する。

「ぼ……僕も……もうすぐ、ですっ」

「あひっ、い、いいわっ、一緒に、ねっ……んおおっ、こんなの、初めてっ！　凄いの……すっごいの……来るウウッ！」

　真っ白な首筋に、背中に、大量の汗がしずくとなって流れていく。

　先ほど身体を洗ったのが嘘みたいに、濃厚な甘い香りが女体を包み込んでいた。誘われるように孝道は鼻先を近づける。牡の興奮を高める、なんとも淫靡なパフュームである。胸一杯に吸い込めば、射精感が引き返せない一線を越えた。

　力の限りに腰を突き上げつつ、汗の溜まった背筋にれろんと舌を這わせる。悲鳴と共に女体が強張《こわば》るが、構わずに舐め取り続けた。旨みの利いた塩味に夢中になる。

「アアーッ！　ダ、ダメえ、背中っ……背中は、あひゃあっ、ンヒーッ！」

　バスルームでも背筋に触られるのを嫌がっていたが、やはり相当に敏感らしい。ビクッビクッと、アリスは全身を狂おしく痙攣させる。これまでにない力強さで膣口も収縮し、肉襞のミミズたちは最高潮に悶え暴れた。

「お、おお、出ま――出ます！　クウウウウッ!!」

　ビュビュビュビューッ！　ビュルッ！　ビュルルルルルーッ！

　怒濤の射精感に前立腺は決壊し、高圧洗浄機の如き勢いで白濁液が噴き出す。

「アウウッ、当たってるぅ！　凄っ、お、奥にイィ！　いいっ、いひぃ、イク、イクッ、イグぅぅウウウッ!!」

膣底への高圧ザーメン噴射。それが女体へのとどめとなった。断末魔のよがり声を上げて、アリスもオルガスムスに呑み込まれる。弓なりに背中をのけ反らせ、電気ショックの拷問を受けているかのように身を震わせた。

女壺は、注《そそ》ぎ込まれた子種汁に色めき、なおも忙しく肉襞を蠢かせる。

やまない愉悦に孝道は歯を食い縛り、最後の一滴を出し尽くすまで射精を余儀なくされた——。


やがて、アリスの身体がガクンと崩れた。

孝道の膝に豊臀を落とすと、ぐったりと背中を預けてくる。

荒い呼吸を繰り返しながら、肩越しに囁きかけてきた。

「こんなにいっぱい出されたの初めて。お腹がパンパンになっちゃった。ふふっ」

「すみません、物凄く気持ち良かったので」

そう言って、濡れた乳房をそっと揉む。

女の性感を高めるためではなく、ただただ下乳の揉み心地を堪能するように。そうやって後戯を愉しみ、最後まで恋人気分に浸った。

アリスも、孝道の手の甲に自らの掌を重ねてきた。ゆっくりとした動きで、愛おしげに撫でてくる。

が、不意に戸惑いの声を上げた。「あ……あら？」

「どうかしましたか？」

「それが、脚に力が入らないの……。た、立てないわ」

アリスは、孝道の膝に着座した状態で動けなくなっていた。どうやら強すぎる絶頂感のせいで腰が抜けてしまったらしい。孝道としても、正座をした今の体勢では、アリスがどいてくれないと身動きが取れない。

腕の力だけでは、しっかりと脂の乗った女体を動かすことはできなかった。少しだけ宙に浮かせた程度である。これ以上は無理だと、つかんでいた女尻から手を離した。

と、未だ屹立したままの肉棒が、先端の亀頭が、グリッと膣底にめり込む。

「あ、ウウッ!?」アリスの腰がプルプルと戦慄いた。「も、もう、孝道ぃぃ！」

「す、すみませんっ」

ちょっとだけ険しい表情となり、アリスは首をひねって睨んできた。早くなんとかしないと本当に怒らせてしまいそうだ。

「えっと……じゃ、じゃあ、アリスさん、元の四つん這いに戻れますか？　今から身体を前に傾けますから――」

「あ、あっ、駄目、動かないで……おおお、奥にグリグリ当たるぅ」

孝道が身じろぎすると、意図《いと》せずして、アクメ直後の敏感な牝肉に亀頭を擦りつけてしまう。勢いを弱めつつあった肉ミミズたちが再び活発に蠢きだした。

「イヤぁ、もうダメ、もういいのオォ。孝道、オ、オチ×チンを小さくしてッ」

「えっ、む、無理ですっ」

名器が活動を再開すれば、むしろ肉棒はますます硬く、太く——完全勃起状態を取り戻してしまう。思わぬ事態に冷静さを失い、なんとか結合を解こうと焦《あせ》れば焦るほど、余計に膣奥を、開発したてのポルチオ性感帯をこね回す結果となった。

「ひ、ひっ！　またイッちゃう！　んおお、またイグーッ！」

孝道は、『女はね、何度だってイケるのよ。イケばイクほど快感が増すの』という敦子の言葉を思い出していた。

鎮まりかけていた絶頂感がぶり返し、アリスは今一度、アクメの淵に沈んだ。

「ううう、イグ、イグッ、ヒグゥウウーッ!!」

第三章　アトリエでの射精会

1

初仕事の翌朝。目を覚ますとスマホに一通のメールが届いていた。

『昨日はお疲れ様。次の仕事があるけど、どうする？』

敦子からだ。書かれていたのはそれだけ。急いで返信する必要はなかっただろうが、いくら考えたところで答えが変わるとも思えない。ボリボリと寝癖のついた頭を掻きむしり、孝道は返信の文を打ち込んだ。よろしくお願いします、と。

そして、その週の日曜日。二回目の仕事の当日。

孝道は昼食を食べ終えると、母の美由紀《みゆき》に出かける旨《むね》を伝えた。スーパーの清掃員をしている母は、今日は休みの日だった。どこへ行くのと尋ねられたので、友達と出かけてくると適当に誤魔化す。

「まあ、そうなの。でも、今日も夕方からバイトなんでしょう？　そのまま直接お店に行くの？」

孝道の勤めていたコンビニが潰れたことを、母はまだ知らない。余計な心配をかけたくなかったし、バイトを続けていることにすれば、帰宅が遅くなるときの口実にも使えるからだ。

「あ……いや、休みにしてもらったんだ、今日は」

後ろめたさのせいか、母の顔を真っ直ぐに見られない。が、母はこれっぽっちも疑っていない様子だった。

「いいと思うわ。あなたはいつも頑張りすぎなんだから、たまには息抜きしなきゃ」

にこりと微笑んで見送ってくれた。

今年で四十八の母——昔はふっくらしていた頬が、今は少しへこんでいる。以前より食欲が減ったのだという。それは食費を切り詰めるための方便か、それとも借金のストレスによるものか。

(僕が、頑張って稼がなくちゃ)

罪悪感を振り払い、塗装がボロボロに剝げたアパートの外階段を下りていった。

2

六月は梅雨の季節、しとしとと小雨が降っている。

地元の駅前で傘を差して待っていると、約束どおりの時間に敦子の車がやってきた。今日は彼女が送り迎えをしてくれるのだ。

挨拶をして助手席に乗り込むと、すぐに車は走りだす。ハンドルを握りながら敦子が言った。「前回の件だけど──どうだった、初めての仕事は？　自分に向いていると思う？」

「……よくわからないです」孝道は首を振った。「僕は、アリスさんを愉しませなきゃいけなかったんですよね？　でも、結局は僕の方が愉しませてもらっちゃったみたいで……」

「そう思えるなら、きっと向いているわよ」

車が交差点で止まる。敦子は今日もスーツ姿で、内ポケットから封筒を取り出し、孝道に差し出した。「はい、前回のお仕事料」

受け取って中を確認し、孝道は目を剝いた。一枚、二枚、三枚……なんと十万円も入っていたのだ。聞いていた話の倍近い金額だった。多い分はチップだという。

「五条さん、相当あなたが気に入ったみたいね。またお願いしたいそうよ」

「そうですか……。良かったです」

喜んでもらえたのならなによりだ。孝道としても、またアリスとセックスできるのは愉しみである。爛熟した女体の抱き心地を思い出し、頬を緩ませる。

「まあ、それはまた今度の話ね」と、敦子は言った。信号が変わって、車が動きだす。

「今日はまた別の依頼人だから、気持ちを切り替えてやってちょうだい。五条さんのときと同じようにやれば大丈夫なんて思っちゃ駄目よ」

孝道が調子に乗らないように、やんわりと釘を刺してきた。あなたの売りは初心で真面目なところなんだから、それがなくなったら仕事は回せなくなるわよ、と。

せっかく高収入の仕事を見つけたのだ。そう簡単にクビにされるわけにはいかない。

孝道は、込み上げていた助平心を振り払い、敦子に尋ねた。

「あ、あの……それで今日は、どんな依頼なんですか？」

「うん、今日はね、絵のモデルになってほしいんですって」

「え、モデル、ですか？　僕が？」

まったく予想外の依頼内容に目を丸くした。「いや、それは……本職の人に頼んだ方がいいと思うんですけど。僕はその、背も高くないし、イケメンでも……」

「君の容姿のことは伝えてあるわ。顔写真も送ったし。そのうえでＯＫをもらっているの。心配しないで」

それ以上の詳しいことは教えてくれなかった。事前に確認を取ったとはいえ、直に会った依頼人が、土壇場でキャンセルをしてくる可能性もなくはない。先方のプライバシーを守るため、必要なことは仕事が始まってから聞くのが決まりなのだそうだ。

仕事の話ができないとなると、孝道にはなにを話せばいいのかわからなかった。敦子の方も運転に集中してしまい、少々気まずいドライブが続く。

雨粒模様のウインドウ。外の風景は次第に自然が豊かになっていく。途中、海沿いの国道を通った。連なる山々が見えてきた。

やがてたどり着いたのは、観光地としても有名な箱根だった。

箱根湯本駅のすぐそばを流れる川――その川沿いの小道に敦子は車を停める。傘を差して外に出ると、スマホで電話をかけた。

孝道も同じく車を降りる。箱根に来たのは初めてだ。雨が降っていても、あちこちに観光客の姿が見える。すぐそばに真っ赤な欄干が印象的な橋があり、川を背景に記念写真を撮っているカップルがいた。

せっかく箱根まで来たんだから、僕も写真の一枚くらい――

と、不意にコンコンとなにかを叩く音が聞こえた。小道に面した喫茶店の窓ガラスを内側からノックしている人がいたのだ。三十歳前後の女の人だった。

孝道たちが気づくと、その人はにっこり笑って手を振った。テーブル席の向かい側にはもう一人の女性がいて、そちらの人は誰かと電話をしている。

店内の二人に向かって、敦子がぺこりとお辞儀をした。この人たちが今日の依頼人なのだと、孝道は察した。

(だけど、二人一緒って……そういう依頼もあるのか?)

ほどなくして、女性たちが店から出てきた。

「こんにちは、藤田《ふじた》さん、荒木《あらき》さん」と、敦子は改めて頭を下げる。孝道も慌ててそれを真似した。それから敦子が、二人に孝道を紹介する。

「こちらが下野孝道くんです。いかがでしょうか?」

「想像していたとおりかな。ま、アタシは別に、顔や背の高さがどうだろうと構わないし。仲枝《のぶえ》は?」

「私は――ふふふっ、私も思ってたとおり。大学生だっけ? まだ少年っぽい雰囲気が残っていて、可愛いよねぇ。うん、いいと思うよ」

つまり依頼のキャンセルはないということだろう。それを確認した敦子は、二人の名前を孝道に教えてくれた。

藤田怜《れい》と荒木伸枝――二人とも同じくらいの年齢と思われたが、身長はまるで違った。怜の方は孝道より十センチほど高く、その逆に伸枝は孝道よりも十センチほど低い。

体型やそれ以外の見た目も対照的だった。日本人女性として、なかなかの高身長である怜は、なんともスレンダーな体つきである。スキニージーンズを実に無理なく穿きこなしていた。まるでファッションモデルのように。

顔立ちは綺麗に整っていて、おそらく怒っているわけではないのだろうが、切れ長のクールな瞳は、強い威圧感を宿している。狼のような眼差しといったところか。

伸枝はまさに真逆。肉感的な体型の持ち主だった。太っているわけではないが、全体的にぽっちゃりとしている。しゃべり方にどこか少女のような幼さが感じられ、そのせいか後頭部のポニーテールがよく似合っていた。

垂れ下がった瞳が常ににこにこしていて、優しく人懐《ひとなつ》っこい大人のお姉さんという印象である。ちなみに喫茶店の中から手を振ってくれたのは、こちらの方だ。

「それじゃあ、お二人とも、乗ってください。さ、下野くんも」

敦子に促され、全員で車に乗り込む。どうやらここで待ち合わせをし、さらに目的地まで移動するという手筈らしい。

助手席に座ろうとしていた孝道だが、伸枝に腕を引っ張られ、強引に後部座席に連れ込まれてしまった。二人の大人の女性に挟まれて、シートの真ん中で身体を縮こめる。互いの間隔はほんの一、二センチしかない。車が走りだす。

「まったくもう」怜は呆れたように溜め息をついた。「伸枝、アンタってほんと遠慮がないっていうか……なれなれしいよねぇ。初対面の子にさぁ」

「えー、初対面だから、こうやって早く仲良くなりたいんだよぉ」

心外だとばかりに抗議し、それから孝道にしなだれかかる伸枝。

「よろしくねぇ、孝道くん。孝くんって呼んでいい？　いいよね？　私たちのことも名前で呼んでいいよ。ふふふっ、良かった、チャラチャラ遊んでそうな子だったらどうしようって思ってたの」

逃げ場のないスキンシップに、孝道は愛想笑いを浮かべることしかできなかった。伸枝は誰にでもこうなのか、それとも特に気に入られたのか。孝道は、ぷにぷにした二の腕の柔らかさに胸の鼓動を早める。

車の向かう先は、伸枝の家の別荘とのことだった。箱根湯本でいったん待ち合わせをしたのは、二人が孝道のことを気に入らずにキャンセルした場合、別荘の場所を知られずにすむからだろう。おおっぴらにはできない依頼をするなら、そういう配慮ももっともなことだ。

（依頼は絵のモデルって話だけど、きっとそれだけじゃすまないよな）

大学生活はどう？　若い子の間では今なにが流行《はや》っているの？　など――あれこれ質問してくる伸枝。精一杯丁寧に受け答えしつつ、孝道はチラッと彼女の身体を盗み見る。反対側には怜がいるが、やはり男としては、まずはムッチリした方に目が行ってしまった。

丸みを帯びた身体はどこもかしこも柔らかそう。ぽっちゃり体型だけあって、バストはかなりのサイズがありそうだった。ゆったりとしたワンピースの胸元は大きく盛り上がっていた。

それほど背が高くないせいで、なおさらボリューミーに感じられる。ときおり車の振動を受けて、プルプルと細かく震えた。

「ふふっ、私のオッパイ、そんなに気になるぅ？」

「あっ……す、すみません」

こっそり見ていたつもりだったが、しっかりとばれていた。伸枝は笑いながら首を振った。「いいよ、いいよ、男の子だもん。ねぇ、これ、何カップだと思う？」

「何カップって……い、いや、わかりません」

アリスのＪカップ爆乳には若干及ばなそうだが、それでも敦子のＦカップよりは大きく見えた。

「わからない？　じゃあ、ほら、触ってみなよ。そうしたらわかるかも」

伸枝が手を伸ばす。孝道の掌が、彼女の胸元に導かれる。衣服越しにも伝わってくる、ふわふわの柔らかい乳肉の感触。

「どう、わかった？」コケティッシュに小首を傾げる伸枝。

顔から火が出そうになりながら、孝道は懸命に考えた。敦子以上、アリス未満――

「えっと……Ｇですか……？」

「惜しいっ。けど、はずれぇ。正解はＨカップでしたぁ」

アハハハと、大きな口を開けて伸枝は笑った。

すると、見るに見かねてといった感じに怜が口を開く。「……伸枝ぇ、ちょっとはしゃぎすぎ」

「えー、いいじゃない。こんな若い男の子とおしゃべりするなんて久しぶりなんだもん」怜の冷たい眼差しを、伸枝はさらりと受け流した。「あ、ちなみに怜ちゃんはＣ

カップだよ。大きさは普通だけど、形はとっても綺麗なの」

「コラァ、余計なこと言わないでッ！」

クールな雰囲気の怜が、これには頬を赤らめて怒った。孝道越しに手を伸ばし、仲枝につかみかからんとする。しかし仲枝は、依然楽しそうに笑って、孝道の身体を盾にした。

「このっ……ちょっと、君、邪魔！」

「きゃあきゃあ、孝くん、守ってぇ！」

女同士のやり合いに巻き込まれ、孝道は困惑することしかできない。

運転席の敦子は平然としていた。いや、むしろ微笑んでいた。

そのうち怜も諦めた。車内が落ち着いてから、孝道は二人の関係を尋ねる。

「私たち、高校生の頃からの仲なの」と、仲枝が教えてくれた。

怜は大病院のお嬢様で、仲枝は普通のサラリーマン家庭の娘。高校二年生のときにクラスメイトとなり、それ以来の付き合い、親友なのだそうだ。

夫を持つ身となった今でも、二人の仲は続いている。怜は、祖父である院長が特別に目をかけていた医師と結婚させられた。なんの面識もない相手だったが、怜は別段拒まなかったという。

「アタシにとって一番大事なのは、自分の描きたい絵を描くことだったからね。それに文句を言われないなら、誰と結婚させられようが大して気にならなかったよ」

良家に生まれ、思春期を迎える頃には、自分の結婚相手は親か祖父が決めるのだろうと薄々察していた。だから恋愛結婚などそもそも期待しておらず、男と付き合うことがあっても、それは遊び程度の感覚しかなかったそうである。

「怜ちゃんはね、昔、美大に通ってたの。私は高卒でフリーターしてて、怜ちゃんに会いに、しょっちゅうその美大に遊びに行ってたんだぁ」

そこで伸枝は、今の夫と出会ったという。彼は、油絵の他にCGの勉強もしていて、在学中に友達とゲーム会社を立ち上げた。スマホ用のゲームが大当たりし、今ではそれなりに有名な会社の代表取締役社長である。

「ということは……伸枝さん、社長夫人なんですか？」

「見えないよねぇ」

「ひっどーい。怜ちゃんだって、出会った頃からこんな感じで、全然お嬢様には見えなかったよ」

そんな話をしているうちに、箱根湯本から三十分ほど走っただろうか。

やがて車は目的地である別荘の前に到着した。辺りは深い木々に囲まれ、自然の中にぽつんとある小さな旅館のようだった。実に趣《おもむき》がある。

仲枝の夫は、一日中パソコンと向かい合って仕事をしているせいか、ときおり緑が恋しくてたまらなくなるのだそうだ。それで二年前にこの別荘を購入したという。

孝道たちが車から降りると、「終わったら連絡して。迎えに来るから」と言い、敦子はそのまま走り去っていった。

「さ、孝くん、入って」と、屋根付き門扉の格子戸を仲枝が開く。

孝道は、二人の後に続いて石段を上り、ドキドキしながら玄関の戸を潜った。そして感嘆の声を漏らす。美しくモダンな和風の造りだ。

飴色の羽目板、漆黒の石畳。お洒落《しゃれ》でありながら、どこか落ち着く雰囲気があった。生活臭の染みついた我が家の玄関とは比べるのも恥ずかしい。

多忙な仲枝の夫は、別荘を購入したはいいが、結局のところほとんど利用しておらず、ここに来るのはもっぱら仲枝と怜の二人なのだそうだ。自然に囲まれた静かな環境を気に入った怜は、画材一式を持ち込んで創作の場に使っているという。

広々としたリビングダイニングを抜けて、さらに廊下を進み、アトリエと化したその部屋に通された。独特の匂いが鼻を衝く。絵の具を溶くための油の匂いだと、仲枝が苦笑いしながら教えてくれた。「まあ、我慢していれば多少は慣れるよ」

壁際にはいくつものキャンバスが立てかけられ、棚には画材と思《おぼ》しきもの、素人にはなんだかわからないものが乱雑に詰め込まれていた。そして部屋の真ん中に空のイーゼルと椅子。

スケッチブックをイーゼルにセットして、怜は言った。

「それじゃ、早速脱いでくれる？」

3

絵のモデルなのは聞いていたが、まさかヌードモデルだったとは！

頭の中がパニックになり、やっとのことで言葉が出る。「あ……あの、僕で……い、いいんですか？　僕、身体を鍛えたりも全然してないんですけど」

微笑みながら伸枝が言った。「いいんだよ、筋肉なんて。怜ちゃんが描きたいのはそこじゃないから」

「なぁに、嫌なの？」

怜が目を細める。狼の瞳が険しくなる。「ここまで来て、ごねられるなんて思わなかった。海堂さんを信頼してお願いしたのに」

苛立ちと失望を露わに、怜は太い息を吐き出した。

（まずいぞ、このままじゃ……）

敦子の顔に泥を塗ることになる。覚悟を決めるしかなかった。

「いや、その……すみません、大丈夫です。ぬ、脱ぎますっ」

慌てる手でシャツのボタンを外し、転びそうになりつつもズボンから脚を引き抜いた。パンツ一丁の格好になるが、怜は眉根を寄せたまま。それも脱げということだろう。孝道は最後の一枚もずり下ろす。

二人の女は恥じらうそぶりも見せず、孝道の股間に視線を注いだ。怜の視線はまだ冷たく、伸枝の視線は早くも熱い。

真逆の眼差しに陰茎は戸惑い、縮こまっていた。敦子やアリスの前で裸になったときとは違い、今は羞恥しかない。

ぶっきらぼうに怜が言う。「勃起して」

「えっ……!?」

「アタシは、ペニスを勃起させている男の人が描きたいの。さあ、早く」

怜曰《いわ》く――陰茎は、彼女にとって最も興味のあるモチーフなのだそうだ。特に勃起したそれに、無上の美を感じているという。

そういうことかと、孝道はようやく合点がいった。

(ヌードが描きたいだけなら、わざわざ海堂さんに依頼する必要ないもんな)

仕事なのだから断ることはできない。大学の学費のためにも、借金返済のためにも。

意を決して陰茎を握る。ゆっくりとしごく。

が、いくら続けても、幹はコンニャクのようにぐにゃぐにゃのままだった。

部屋の一面には大きなガラス戸があり、その向こうには石と草木で整えられた綺麗な庭が広がっている。真っ昼間に、外から丸見えの場所で全裸になっているのだ。

覗きに来る者などまずいないだろうが、それでも気になった。目を閉じても、緊張は解けなかった。雨の音に交じって、ときおり野鳥の鳴き声が聞こえてくる。それにすら心を乱される。

「しょうがないなぁ。手伝ってあげる」

楽しげな伸枝が近寄ってきた。孝道の目の前で身をかがめる。

「手を離して」

「は、はい」

力なくうなだれていた男性器を、伸枝の両手が包み込んだ。

掌は温かかった。優しく揉まれ、さすられると、少しずつ緊張感が溶けていく。

「ほぉら、頑張れ、頑張れ」

柔らかな表情で陰茎に囁きかける伸枝。

少々子供っぽい人だと思っていたが、今は不思議な包容力を感じた。幼稚園児だった頃、若い女の先生に甘えていた記憶がふと蘇《よみがえ》る。そうだ、あんな感じだ。しょんぼりしている若茎が、よしよしと慰められ、励まされている。

快美感が仄かに走った。牡器官であることをペニスが思い出したのだ。

いったんそうなれば、今度はもう止めようと思っても止まらない。瞬く間に充血し、体積を膨らませた。伸枝の鼻先に、隆々と怒張した肉棒を突きつける。

「わ、わ、すっごい」驚きに目を丸くする伸枝。「敦子さんから大きいとは聞いていたけど、十八センチはさすがに話盛ってるんだと思ってた。ね、凄いよね？」

しかし怜は、親友の呼びかけにも答えず、肉棒に見入っていた。

伸枝以上に驚いている様子で、クールな彼女がぽかんと口を開けて。

やがてハッとした顔になり、頬を赤らめて目をそらす。

「じゃ、じゃあ、始めるから。少し右を向いてくれる？　身体ごと、そう、そのまま」

そして鉛筆を手にし、スケッチブックに向かって作業を始めた。

モデルをするなど初めての孝道だが、動いてはいけないことくらい承知している。石像になったつもりで立ち続けるのだ。

苦難の一時間だった。

梅雨の時期なので裸は少し寒かったが、そんなことは気にならないくらい辛かった。怜の写生が終わるまで、孝道は勃起をずっと維持しなければならなかったのだ。

敦子やアリスの艶美な裸体を、彼女たちのと肉の交わりを思い返し、なんとか淫気を保とうとする。しかし、ただイメージし続けるだけでも、精神の疲労は想像以上のものだった。萎えさせてはならない——という緊張感も重くのしかかってくる。

次第に敦子たちのことを思い浮かべるのが難しくなり、ペニスの角度が下がっていった。途端に怜の叱責が飛んでくる。孝道は慌てて竿をしごき、気合いを入れるが、一度気持ちが切れてしまうと、もう挽回は厳しかった。

「やれやれ、じゃあ私が、もうひと肌脱いであげようかな」

再び伸枝が動いてくれる。孝道の前に来て、床に膝をつく。

こうべを垂れている肉棒を——ぱくりと咥えた。

「あッ……の、伸枝さん!?」

「ふもっ……ふふっ……んっ、んっ、んぢゅっ」

　孝道を見上げ、悪戯っぽく目を細め、そして伸枝は首を振り始める。ぽってりとした朱唇が幹を締めつけ、なめらかに前後に滑る。唾液をまとう舌がねっとりと亀頭に絡みついてきた。

（ああ……気持ちいい）

　リアルな肉体的刺激に、すぐさまペニスは高ぶりを回復する。伸枝はしばらくジュポジュポとしゃぶり立てた。

　それから、頬が窪むほどに吸引しつつ、肉棒を引き抜く。チュポンッと、はしたない音が鳴り、亀頭と朱唇の間に透明な糸の橋がかかった。

「お待たせ、怜ちゃん。さあ、どうぞ」

「ありがとう、伸枝」

　十数年来の親友のフェラチオを目の当たりにしても、少しも動じることなく、怜は鉛筆の音を再開させる。ヌラヌラと濡れ光る肉棒と、スケッチブックに、忙しく視線を往復させた。

（二人とも、ちょっと変わってるな……。だから仲がいいのかも）

　その後もペニスが萎えそうになると、伸枝がまた口淫で奮《ふる》い立たせてくれた。

が、ここからが本当の苦難だった。

何度もしゃぶっているうちに、ただ勃起させることに飽きてきたのか、伸枝はペニスで遊びだした。

硬く怒張したものをなおも唇でしごき続ける。裏筋を舌先で擦られる。孝道は奥歯を噛んで唸った。射精感が込み上げてきたのだ。「あ、あの、伸枝さん……！」

すると、ようやく伸枝はペニスを解放してくれた。だが、次はもっと射精感をあおられた。肉厚の朱唇を雁エラにひっかけ、小刻みな首振りで急所を責めてくる。

「んもっ、んぼっ……むっ、むっ、ちゅっ、ちゅぶっ、むちゅぢゅるっ」

「あっ……う、ウウッ」

「んっ……ちゅぼっ……ふふっ、今のは危なかったねぇ」

射精の予兆に肉棒がひくつくと、伸枝はフェラチオをやめた。それを繰り返される。ギリギリを楽しんでいるのだ。

孝道としても、やめてくださいとは言えない。勃起が続かなければ、怜の依頼を果たせないし、なにより身体を弄ばれることも仕事のうちだからだ。

幾度もイキそうになる。しかし、射精には至らない。

怜は一枚描いただけでは満足せず、スケッチブックのページを替え、椅子とイーゼルをずらし、違う構図でまた描き始めた。

生殺しの状態が延々と続く。止まらない鉛筆の音、雨の音。

（き……気が……狂いそうッ）

今や鈴口から溢れ出すカウパー腺液が止まらない。ドロリと大粒のしずくが噴き出して、糸を引きながらポタリ、ポタリと、床に滴り落ちる。

肉棒から、乾き始めた女の唾液の匂いが立ち上ってくる。それすら牡の官能を掻き乱し、孝道を苦しめた。

そして――モデルを始めてから一時間ほど過ぎた頃、ついに怜が言った。

「描き終わったよ。お疲れ様」

やった、終わった……！　孝道は心の底から安堵し、長い息を吐き出す。

「孝くん、よく頑張ったねぇ。じゃあ、思いっ切りイカせてあげるね」

どこに出したい？　やっぱりお口？　と言いながら、手を伸ばしてくる仲枝。

青筋を浮かべて反り返る肉棒を握り、軽くシコシコと擦った。その瞬間、

「アッ!?　ウグゥーッ!!」

愉悦が、電流の如く駆け抜ける。

絶頂の縁まで何度も追いやられていたペニスは、たったそれだけの手コキで限界を

超えてしまった。射精感が爆発する。高々と弧を描くザーメンが二メートル先までほとばしった。

嫌というほど焦らされていたせいもあり、勢いも量も凄まじい。繰り返される噴出を、ぽかんとした顔で眺め続ける怜と仲枝。

やがて射精が収まると、孝道は床にくずおれた。同じポーズで立ちっぱなしだった疲れが、ここに来てどっと押し寄せてきたようである。膝もガクガクだ。

怜は立ち上がり、棚の上にあった箱のティッシュを手にする。

そして床に引かれたザーメンの白線を拭き始めた。孝道は慌てて立ち上がろうとする。「あっ……すみません、僕、やりますっ」

「いいから休んでて。まだ終わりじゃないんだから」

怜の口調は、これまでで一番優しかった。

部屋を汚してしまったのに怒ってない。それは良かったが、

(〝終わりじゃない〟ってどういうことだ? さっき怜さん自身が〝終わった〟って言ったばかりじゃないか)

すると、仲枝がニヤリと笑う。

直角にした親指と人差し指、両手のそれを組み合わせて長方形の窓を作る。片目を

閉じ、窓の向こうから孝道を覗いてきた。

「今度は私の番。よろしくねぇ」

4

絵のモデルの次は、写真のモデルだった。

「怜ちゃん、孝くんをキッチンに連れていってあげて」と言い、仲枝はアトリエ部屋を出ていった。怜に案内されて、キッチンへと向かう。裸のまま他人の家の廊下を歩くというのは、なんとも落ち着かないものがあった。

キッチンは六畳ほどの広さで、その中央にはキッチンカウンターが鎮座していた。いわゆるアイランド型だ。

二人で待っていると、仲枝がやってくる。手には、レンズ交換式の大きなカメラを持って。「今日のために、いろいろ用意してきたんだよ」と言い、肩から提げていたトートバッグを床に置いた。

「こ、ここで撮影するんですか？」

「うん、日常生活の場でセックスすると、エッチな感じがより引き立つんじゃないかなって思ったの」

仲枝は得意げに語る。すると怜は怪訝《けげん》な顔をした。

「セックスって……アンタ、男の子のヌード写真が撮りたかったんじゃないの？」

「そうだけど、でも私は、芸術とかよくわからないから――」

怜とは違い、仲枝のカメラ好きはあくまで趣味の範疇《はんちゅう》だという。お洒落な喫茶店のケーキや道ばたで見かけた猫など、なんでもないものを普段は撮っているが、しかしヌード写真にも以前から興味があったのだそうだ。

「とにかくエッロいのが撮りたいの。オチ×ポの写真を撮るだけじゃ満足できないの。だからよろしくね、怜ちゃん」

孝道と怜がセックスをし、その様《さま》を写真に撮る――それが仲枝の希望だった。

「ハァ!?　なんでアタシが……じ、自分でやりなよッ」

「ええー、いいじゃない、協力してよぉ。嵌められながら自分で撮っても、同じような写真ばっかりになっちゃうじゃない」

ねぇねぇ、お願い――と、仲枝は甘えた声で怜に擦り寄る。

怜は、かたくなに首を横に振り続けた。少々変わった芸術家気質の持ち主だが、絵を描いていないときは、常識的な感覚を取り戻しているのかもしれない。

だが、最後には溜め息と共に了解する。

「……はぁ、わかったよ」

きっとこれが、十数年続いてきた二人の関係なのだろう。

(怜さんと僕がセックス……)

もちろん不満などない。気の強そうなところはあるが、それも含めて怜はなかなかの美人である。

せめてシャワーをと、バスルームに向かおうとする怜。しかし仲枝はそれを許さなかった。「怜ちゃんだって、孝くんにシャワーを使わせないで脱がせたじゃない」

「う……た、確かにそうだけど……ええい、もうっ」

観念して、半ばやけくそという感じに、怜は服を脱いでいく。

それでも下着姿になると、やはり女の恥じらいを見せた。ブラジャーは変わったタイプのもので、カップの部分しかなく、それが吸盤のように乳肌に直接貼りついている。ヌーブラというやつだ。

頬を赤らめながら背を向け、怜はそのブラジャーを剝がした。

そして黒のパンティを下ろす。スレンダーな彼女らしい、すっきりとした小振りの美臀が露わになる。控えめではあるが、腰にも尻にも柔らかそうな肉が乗っていて、女性的な輪郭を充分に形作っていた。

カメラを構え、早速仲枝は撮影を始める。「いいね、いいね、やっぱり怜ちゃんの身体は綺麗だわぁ。じゃあ、そこに乗ってくれる？」

キッチンカウンターの天板に怜は腰掛けさせられた。

まだ両手で胸元を覆っていたのだが、

「はいはい、いつまでもオッパイ隠さないっ。私だって、さっき孝くんが勃起したままでいられるよう、フェラチオまでしてあげたんだよ。あー、恥ずかしかったぁ」

「う、嘘、アンタ、楽しんでやってたでしょう。……わ、わかったわよっ」

やむなく怜は手をどける。孝道は、初めて彼女の乳房を目にした。

掌にすっぽりと収まりそうなサイズで、とても形の良い膨らみだった。行きの車の中で仲枝が言っていたとおりである。確かCカップだったか。

仲枝の巨乳とはだいぶ差があるが、怜自身がスレンダーなので、このサイズでも充分な存在感がある。下乳は、揉み心地が良さそうにぷっくりと丸みを帯びていた。

(それに、乳首が大きめなのが、またエロいな)

褐色の突起は、まだ充血してもいないだろうに、仲枝のHカップのそれにも負けないであろうサイズで、ツンと上を向いている。

「怜ちゃんって、背が高くて脚も長くて、モデルさんみたいな綺麗な身体なのに、乳首だけはやたら使い込んでる感じなのがエッチでいいよねぇ。色も濃いめだし。孝くんもそう思わない？」

「え……あ、ははは……」返事に困る孝道。

「まあ、実際、使い込んでいるんだけどねぇ。だって——」

「う、うるさい仲枝、黙れっ」

怜は顔を真っ赤にして、仲枝の口を手で塞《ふさ》ぐ。「余計なおしゃべりしてないで、とっとと撮っちゃって。この大理石の調理台、お尻が冷えるんだからッ」

「はいはい、わかりました。じゃあ二人とも、私の言うとおり動いてね」

まずは脚から舐めるように指示された。孝道は怜の前にひざまずくと、すらりとした美脚に唇を寄せ、そっと舌を這わせた。ふくらはぎからくるぶし、そして足の裏へ。

仲枝はいたく興奮し、シャッターボタンを押しまくる。

レンズ交換式の本格的なカメラだけあって、スマホのカメラとは比べものにならない〝圧力〟を感じた。恥ずかしさと緊張感に身体中が火照る。だが股間のイチモツは、萎縮するどころかムクムクと膨らんでいった。

レンズの魔力を感じながら、孝道は怜の足を舐める。嫌悪感は湧かなかった。

足の指の股からは、汗と皮脂が酸化した灰かな刺激臭が立ち上っていた。舌を差し込んで順番に舐め清めていく。しょっぱいような、酸っぱいような、複雑な味わいだ。

「だからシャワーをって言ったのに……あぁ」怜が悲愴な声で呟く。

やがて伸枝が言った。「足はもういいよ。次はねぇ……うん、やっぱりオッパイかな」

その途端、怜が慌てた様子で乳房を両手で隠す。

「だ……駄目、胸は……！」

その様子があまりに真剣だったので、孝道は戸惑ってしまう。

目で伺《うかが》いを立てると、伸枝はやれやれと肩をすくめた。

「しょうがないなぁ。じゃあ孝くん、オッパイはいいから、クンニをしてくれる？　怜ちゃんは、孝くんが舐めやすいように、もう少し腰を前に出して」

これには怜は逆らわなかった。孝道が彼女のコンパスに手をかけ、ゆっくり開いていくと、さしたる抵抗もなく女の秘部が露わになっていく。

（胸は駄目でも、アソコはいいのか……）

恥じらって孝道から顔を背《そむ》けた仕草に、なんともいえぬ色気が漂う。さっきまではクールで気の強そうだった彼女の別の一面だ。

男心と陰茎をみなぎらせつつ、孝道はクンニの体勢に入った。恥毛は少なめで、大陰唇は薄い。全体的にすっきりとした印象の女性器だった。

左右の肉唇を指でこじ開け、割れ目に沿って舐め上げる。小振りなラビアと舌が絡み合った。彼女の太腿に緊張が籠もる。

「あ、あぁ、汚いのに……ご、ごめんね……くぅんっ」

怜のそこは、敦子やアリスとはまた違う匂いがした。潮の香りのようだ。その中にはちょっとばかりのアンモニア臭も混ざっていて、それが鼻腔を満たしていく。多少の癖はあるが、嗅げば嗅ぐほど情欲が湧き上がる、淫靡な牝フェロモンだった。

舌を尖らせて、包皮越しにクリトリスをこね回す。するとすぐに怜は艶めかしい呻き声を上げ始めた。膣穴からは女蜜がトロトロと浸み出す。

微かな酸味を感じながら蜜の出口をほじくり、陰核の皮を剥いては舐め転がした。

シャッター音は鳴り止《や》まず、怜の喘ぎ声はどんどん甲高くなっていく。

「ひっ、ううっ……も、もうダメ、これ以上されたらイッちゃうッ」

ついに怜が音《ね》を上げた。孝道が伸枝の方を見ると、伸枝はうんうんと頷いた。

「孝くん、入れちゃって。オチ×ポでイカせてあげて」

「は……はいっ」

いよいよセックスの撮影となる。孝道は立ち上がり、そそり立つ肉棒の先を割れ目に潜り込ませた。挿入部が目視しづらい体位なので、亀頭の感覚で探りを入れる。ほどなく膣穴の窪みを見つけた。亀頭を押し当て、グイッと腰を突き出す。

「アーッ……は、入ってくるうぅ」

怜は膝を細かく震わせ、爪先をグッと内側に折り曲げた。

奥へ奥へと、孝道は男根を繰り込む。熱く濡れた肉路を掻き分け、押し広げ——やがて根元を数センチほど残した状態で、肉棒はそれ以上進めなくなった。

「す、凄い」

喘ぎ交じりに怜が呟く。挿入だけで早くもぐったりしている。大理石に腕を突っ張っているが、それがなければ今にも後ろに倒れてしまいそうだ。

「あなたのペニス、目で見たときよりもずっと大きく感じる。まるで腕をねじ込まれているみたい」

「え……い、痛いですか？」

「ううん、とっても素敵ってこと。さあ、もっと奥まで来て……」

優しく微笑んで、さらに深い挿入を乞《こ》う怜。しかし、これでもう限界じゃないかと、孝道は困惑した。確かに亀頭の感覚だと、まだ先があるような気がしないでもないのだが。

「あの……中でなにかがひっかかっているみたいなんですけど」

「うん、大丈夫、力尽くで押し込めば先に進めるから」

首を傾げつつも、孝道は腰に力を込めてみる。やはり雁エラがひっかかっている。

膣路の終盤が急に狭くなっているような？

それでも彼女の言葉を信じて、さらに頑張る——。

と、ひっかかっていた亀頭冠がズルンと潜り抜けた。勢いがついたまま本当の終点に、膣路の奥壁に肉拳の一撃を喰らわせてしまう。天井を仰いで怜がのけ反る。

「そ、そう、そこまで来てほしかったの！　あぁぁ、いいよ、突いて、奥までいっぱい突いてッ」

「わ、わかりました」

思いも寄らぬ膣の構造に戸惑いながら、孝道は腰を振り始めた。ストロークを大きくし、助走をつけて奥まで一気に突き入れる。

(うわ、すっごく気持ちいい)

どうやら膣底の少し手前に、一箇所だけ肉路が狭くなっている部分があるようだ。

そこに亀頭がひっかかったのである。

いわば肉の門——そこを潜るたび、雁首の出っ張りが擦られる。引き抜くときなどは傘の部分がめくれそうな感覚に襲われる。

アリスの肉ミミズにも負けない名器だった。ひっかかった亀頭が勢い良く奥へと抜ける感覚は、まるで子宮口を潜って子宮の中まで犯しているような錯覚を覚える。

肉の関門を突破するためにも半端《はんぱ》なピストンはできなかった。互いの腰が激しくぶつかり合い、エロスとは無縁のはずのキッチンに淫らな打擲《ちょうちゃく》音が鳴り響く。射精感もみるみる高まっていった。

「あぁぁ、いいっ、こんなセックス、久しぶりィ」

怜の方も、狭いところを抜けた亀頭が、その勢いで膣底をズンッと抉るたび、大きく全身を戦慄かせる。ポルチオは充分に開発されているようである。

「や、やだ、信じらんない。もッ……もうダメ、もう……ひいぃ、イッちゃう！　うう、ウーッ！」

歯を食い縛り、額に玉の汗を浮かべ、迫り来る絶頂感に怜は耐えていた。

クールな彼女を自分がそこまで追い詰めたのだと、牡の優越感に浸る。だが孝道もほどなく臨界点を超えた。前立腺が悲鳴を上げる。

「す、すみません……僕も、も、もウウッ」

「いいよ、イッてッ。アタシも……んんっ、おっ、おほおぉ！」

孝道は全力の嵌め腰で膣穴を掘り返した。肉の狭き門に猛然と雁首を擦りつけ、亀頭の乱打でポルチオを容赦なく叩きのめす。

ガクンガクンと揺れる女体。Ｃカップの乳肉は上下に弾み、乳首が残像を描いた。アトリエ部屋で一回放出していなければ、とっくに果てていただろう。それほどの激悦である。今、いよいよ白濁液が前立腺を潜り抜け、尿道を駆け抜ける。

「ああっ、アッ……ウウーッ!!」

「イクッ、イクッ、あっ……うううウンッ!!」

ほぼ同時に、二人は叫び声を上げていた。怜は、その長い脚を蜘蛛《くも》のように孝道の胴に絡みつけ、ビクッビクッと痙攣を繰り返す。

そのたびに膣口が力強く収縮する。ペニスの根元を搾り上げる。孝道は息を呑んで、白濁液を放出し続けた。

腰と腰のぶつかる音がやんだ今、カメラのシャッター音だけが、午後の西日差すキッチンに鳴り響く――。

第四章　ぽっちゃり人妻を前から後ろから

1

怜は美大を卒業後、海外で数年、画家の修行をしていた。

いろんな国に住んでは、絵の勉強をした。彼氏が出来たこともあった。パリで付き合った男性は、長大な肉棒でポルチオをすっかり目覚めさせてくれた。

今の旦那はそこまで長くはない。結婚してからおよそ五年経ったが、肉路の奥に控える関門を一度も潜り抜けられなかった。

それだけに、孝道によって久々にもたらされた女の真の悦びは深く、怜は体力を奪われてぐったりとした。彼の身体に巻きつけた脚をズルズルとほどいていく。

（大きいだけじゃない。細部に至るまで勇壮さを体現してる造形美、生命力に満ち溢

れたこの硬さ……まさにアタシの理想のペニスだ）

仲枝が、射精を終えた孝道に指示し、肉棒を途中まで抜かせる。本気汁に蕩けた結合部の写真を撮り、嬉しそうに微笑んでいた。

「孝くんのオチ×ポは、まだまだビンビンだね」

とはいえ孝道も二度目の射精に少々疲れた顔をしていた。すると仲枝は、すぐそばの冷蔵庫を開け、中から紙で出来た箱を取り出す。箱の中身はチョコレートクリームたっぷりのショートケーキだった。スポンジの間に詰められた苺が、ケーキの断面を綺麗に彩《いろど》っていた。

「はい、二人ともこれでカロリー補給して、もうちょっと頑張ってねぇ」

「まだ撮るのぉ？」

怜は口先だけの不満を漏らす。

本心はもちろん、彼のペニスをもっと味わいたかった。逞《たくま》しく美しいこの芸術品を、目ではなく身体で存分に感じたい。肉棒はまだ女陰に埋まったままだ。

孝道が素手でケーキを持つ。三角に切られたケーキを、二人で両端から同時に食べた。まるで恋人同士の戯れだ。十センチほどの間近で目が合い、妙にドキドキした。

ほろ苦いチョコレートの味に苺の甘酸っぱさがアクセントとなって、口内が喜びに満ちる。そして孝道は、食べながら緩やかなピストンを始めた。上の口と下の口の快楽が脳の中で混ざり合い、未知の官能となる。

「あー、いいねぇ。アダルトな恋愛映画のワンシーンみたい」

アイランド型キッチンカウンターを利用して、三百六十度の様々な角度からシャッターを切りまくる伸枝。

やがてケーキがなくなった。怜は、恋人ごっこの延長で、チョコレートクリームにまみれた孝道の手を舌で綺麗にする。指の一本一本も舐めしゃぶった。

「あ……ありがとうございます」と、照れる孝道。これほど逞しい男根を持ちながら、その本人は、子供らしい表情がまだよく似合っている。とても可愛い。

「ふふっ、ここにもクリームがついてるよ」

怜は、彼の口の周りについたクリームをぺろっぺろっと舐めた。

恥ずかしがる顔が見たかっただけだが、彼の唇にまで舌を這わせれば、気持ちが抑えられなくなっていく。口元を舐め尽くすと、そのままキスへと雪崩《なだ》れ込んだ。チョコレート味のディープキス。

拙《つたな》いながら孝道も舌を動かし、ヌチュヌチュと絡ませてくれた。そしてピストンに本腰を入れる。膣路の関門が荒々しく削られ、奥壁への重たい肉撃がズシンズシンとポルチオを揺さぶる。

（お腹の中を抉られるようなこの感覚……最高ッ）

こんな素晴らしいペニスに出会ったのは初めてだった。海外で付き合った男たちの中には、同じくらいのサイズの持ち主もいたが、これほどの硬さではなかった。

今や怜は、芸術家として、女として、この肉棒の虜《とりこ》となっていた。

崇拝にも近い感情が込み上げ、絶頂の予感が急速に高まる。

（嘘、こんなに早く？　あ、あ……さっきイッたばかりなのにィ）

一突きされるごとに、痺れるような愉悦の波が広がり、脳髄が蕩けていく。高ぶる官能を抑えられなかった。早くも身体がこのペニスに馴染んできている。

舌を引っ込め、口づけを解く。ちょっと待ってと言おうとした。だがもう間に合わなかった。

「ちょっ……孝道くっ……ううん、イグっ、ひぐうぅウンッ!!」

ジェットコースターで急降下する瞬間にも似た、胃の腑が浮き上がるような絶頂感覚。スリルと快美感に女体は翻弄され、ガクガクと膝が痙攣する。

腕で上体を支えていられなくなり、ベチャッと後ろに倒れ込んだ。アクメの火照りが背中から大理石に吸い取られていく。

「え……イッちゃいました？」

目を丸くして、孝道は嵌め腰を止めた。怜はかすれた声を絞り出す。

「ええ……あなたのペニスが信じられないくらい良くって……ごめんね、ちょっとだけ休ませて」

孝道は、微笑みながら頷いた。

だが、鬼カメラマンと化した伸枝は、険しい顔で命令する。「駄目だよ、駄目。孝くん、まだイッてないんでしょ？　続けてっ」

「で、でも……怜さんも疲れてるみたいですし」

「怜ちゃんなら大丈夫。ほらっ」

伸枝が片手を伸ばし、汗のしずくを溜めた乳首をキュッとつまんだ。

その瞬間、強烈な快感が電気ショックの如く駆け抜け、怜は思わず悲鳴を上げた。

「ヒイイッ、や、やめてッ！」

伸枝の手を払おうとするが、二本の指でこねられると、それどころではなくなる。

大理石の調理台の上で、奇声と共にビクッビクッと女体を跳ねさせた。

驚いている孝道に伸枝が説明する。「怜ちゃんの乳首はねぇ、クリトリス並みの感度なの」

かつて怜がドイツのミュンヘンで絵の修行をしていたとき、地元の男と付き合って、彼の住むアパートに同居させてもらったことがあった。

その男は乳首フェチで、ただセックスをするよりも、乳首で感じる女を眺めることに悦びを覚えた怜は、暇さえあれば乳首をいじられ、ときには怪しいクリームを塗られたうえでローターで一晩中弄ばれた。

その結果、すっかり開発された乳首は一回り以上も大きくなり、クリトリスに匹敵するほどの高感度となってしまった。今の怜は、乳首だけでも充分にアクメを得られる身体なのである。

「軽く擦れるだけでも感じちゃうから、普通のブラジャーはもう駄目なんだよねぇ。肌に貼りついて固定されるシリコンブラじゃないと」

仲枝の指が、はち切れんばかりに勃起した乳首をクイックイッと引っ張った。さらには右へ左へと何度もねじられる。

「オッ、オヘッ！　や、やめっ……ンヒィンッ！」

刺すような肉悦に息ができなくなるほどだった。なんとかやめさせようとするが、ぽっちゃりした女には力持ちが多く、仲枝も例に漏れない。手首をつかんで引き剝がそうとしても無駄だった。

「孝くん、さぁ動いてッ」

「は、はいっ」

無慈悲な指示の下、絶頂を迎えた直後の膣奥に再び肉杭が打ち込まれた。

引きかけたオルガスムスの大波がまたも押し寄せてくる。勢い盛んに腰が叩きつけられれば、剝《む》き身のクリトリスに孝道の恥骨がぶつかり、無残に押し潰される。

「ダメッ、ダッ……あひ、あぁ、また、イッぢゃう！　んほぉウウッ!!」

ポルチオとクリトリス、そして人並み外れて過敏な乳首まで責め立てられ、前の絶頂が醒めやらぬ間に新たな絶頂が女体を襲った。

ピュピューッと尿道口から、透明な液体が噴き出す。

「えっ？　う、うわっ」突然の潮吹きに戸惑う孝道。

女の潮が床にまで飛び散り、小さな水溜まりをいくつも作った。が、伸枝は意にも介さず、なおも孝道を叱咤《しった》する。「孝くん、止まっちゃ駄目だよ！　そうだ、今度はちょっと体位を変えてみて！」

「ええっ……は……はいっ」

孝道は、未だ射精には至らず。

伸枝に言われるがまま、怜の両脚を肩に担いでピストンに励んだ。新たな体位に、伸枝はシャッターを切って、切って、切りまくる。

やがて満足すると、カメラをキッチンカウンターの端に置き、両手で怜の乳首をいじくり倒した。

怜の身体にはクリトリスが三つあるようなもので、それらが同時に肉仕置きを受けている。膣穴の最奥、子宮口にも亀頭の正拳が打ち込まれ続ける。

怜は、苦悶と随喜の涙を流して悶絶し、もはやイキっぱなしの状態となっていた。

目の前が真っ白に溶けていくなか、遠くから風に乗って運ばれてきたかの如く、孝道の叫び声が聞こえる。

「お、おおぉ、イクッ……!!」

熱いザーメンが注ぎ込まれ、瞬く間に膣路を満たす。

すると、中出しによって絶頂感のレベルが上がった。これ以上、気持ち良くなるわけがないと思っていたが、さらにその上があった。

究極のオルガスムス、至高の女悦。

イイッ……グウウゥ……!!

自分の口で言ったのか、心の中で叫んだだけなのか、怜にはもうわからなかった。

意識が途切れるその瞬間まで、射精は続いていた。

2

孝道が本日三度目の射精をするや、怜は再び潮を噴いた。

ピューッとほとばしる液体が、温かく孝道の下腹部を濡らした。その後、怜は、白目を剝いて動かなくなってしまう。

伸枝が感心したように言った。「セックスで失神しちゃうって、ほんとにあるんだ。怜ちゃん、よっぽど気持ち良かったんだね。凄いね、孝くんのオチ×ポ」

「はは……ありがとうございます」

嬉しくもあり、照れくさくもあり。ただ、怜が失神したのは、あの乳首責めもあってのことだろう。陰核並みの感度と聞いたときには訝《いぶか》しく思ったが、彼女のイキっぷりを目の当たりにした今は信じることができた。

肩に担いでいたコンパスを下ろし、女の股から陰茎を引き抜く。女陰は、おびただしい淫蜜と潮水によってドロドロになっていた。

未だ大きく口を開いたままの膣穴。

そこからゴポッと下品な音を響かせて乳白色の粘液が溢れ出す。

注ぎ込んだ二発分のザーメンが逆流してきたのだ。割れ目からこぼれ、塊となってボタッボタッと床に落ちた。

その様子を、再びカメラを手にした伸枝が、嬉々として写真に収める。

股間のアップを撮るだけでは飽き足らない。調理台からはみ出すように手脚を投げ出し、大股開きで伸びている友の姿にもレンズを向けた。目の玉をひっくり返した卑猥なアヘ顔にも——。

「ふふっ、こんな怜ちゃんが見られたのは初めて。嬉しいなぁ」

今日はいい写真がいっぱい撮れたと、伸枝は満面の笑みを浮かべた。

その後、二人がかりで怜の身体をリビングまで運ぶ。二つあるソファーの片方にそっと寝かせた。スリムな体型でも身長が高いので結構大変だった。

「ふうっ……あの、雑巾とかありますか？　キッチンの床とか、綺麗にしないとですよね？」

しかし伸枝は首を横に振る。

なんと、孝道の前で衣服を脱ぎ始めたのだ。

ワンピースを床に落とし、インナーのキャミソールもあっさりと脱ぎ捨てる。柔らかそうな肉に包まれた肢体が露わとなった。孝道は目を丸くして思わず見入る。

ウエストのくびれはわずかだったが、そんなことは気にならなかった。豊満なる胸と尻、腰から太腿にかけてのふくよかな曲線。充分に女性らしく魅力的である。アリスの爛熟ボディに近い雰囲気の体型だ。だが、全体的に丸みを帯びているこちらの女体は、親しみやすさと官能美が絶妙に混ざり合っていた。

ゴクリと唾を飲み込む孝道。ぽっちゃりした人も、いいものだな――。

伸枝は、少しだけ恥ずかしそうに頬を赤らめていたが、同時になんとも楽しそうだった。微笑みながら、ブラジャーとパンティも脱ぎ去る。

そして甘えるように擦り寄り、ギュッと抱きついてきた。

「依頼の件はこれでおしまいだけど、私も孝くんのオチ×ポを体験してみたいな。ねえ、いいでしょう？」

ふくよかな女体をぴったりとくっつけ、身をくねらせて媚びてくる。

乳房だけでなく全身の柔らかな肉を擦りつけてくる。なだらかに盛り上がった腹部が、孝道の股間に押し当てられる。すべすべの肌が、早速充血を始めたペニスを優しく撫で回した。

さらには伸枝の手が、孝道の手首をつかんで巨乳へと導く。柔らかさと弾力の絶妙なバランスが、掌に実に心地良かった。敦子とアリスの乳房を足して二で割ったような揉み心地である。

よく見ると、肉丘の頂上で乳輪がぷっくりと膨らんでいた。

指先で円を描くようになぞると、伸枝は熱い溜め息をこぼして身を震わせた。Hカップの乳肉がプルプルと波打つ。

「あぅん……どう、私のオッパイ……好き？」

「す……好きです」

ほどよく肥えた女体の魅力に、牡の欲情はすっかり回復した。

が、さすがに三度の射精の疲れは身体に残っている。七分勃ちといったところで充血の勢いは止まってしまった。

「さすがにちょっとお疲れのようだね」伸枝は、孝道の股間を覗き込んだ。「……うん、ちょっと待って」

キッチンの隅に置かれていたトートバッグを取ってくる。先ほどカメラと一緒に持ってきたものだ。中を見せられて孝道は驚いた。ローターやディルドといった、いわゆる大人の玩具がごちゃ混ぜになっていた。

「撮影で使えるかなって思って。結局使わなかったけどね」

伸枝は中身を引っ掻き回す。そして得体の知れぬボトルを取り出した。

「じゃーん、媚薬ゼリー」

「び……媚薬っ？」

仲枝がボトルを搾り、注ぎ口からニュルニュルと出てきたゼリーは、蛍光ピンクがいかにも怪しいものだった。薔薇《ばら》のような甘ったるい香りは濃厚すぎて悪臭寸前である。そんなものが肉棒に塗られていく。

最初はヌルヌルした感触が気持ちいいだけだった。が、すぐに塗られた部分が熱くなる。特に亀頭の粘膜は、まるで火がついたかのよう。

「こ、これ、大丈夫なんですか……？」

肉棒の表面がムズムズし、たまらない気分になった。

七割の怒張だった肉棒が、あっという間に完全勃起状態となる。幹に浮き上がった血管はいつもより太いくらいだ。

「私も何度も使っているから大丈夫だよ。それじゃ試しに……そうだ、パイズリしてあげよっか」

仲枝は、二台あるソファーのもう片方に深く腰掛け、背もたれに上半身を預けた。

「孝くんは、膝立ちでソファーに乗ってくれる？」

言われたとおりに座面に上がり、仲枝の太腿をまたぐ。二人は向かい合った状態で、肉棒は彼女の胸元に突き出された。

　まさにパイズリをするには格好の体勢である。仲枝は両手で巨乳をすくい上げると、柔らかな谷間にペニスを挟み込んだ。乳肉で両側から圧迫し、緩やかに擦り始める。

（これが、一度はやってみたかった、あの……！）

　パイズリは初めて？　と、乳房を上下に揺らしながら仲枝が尋ねてきた。

　孝道はコクコクと頷いた。ゼリーのぬめりのおかげもあるが、それだけでは説明できないくらいの愉悦である。肌理《きめ》の細かい乳肌が、竿や雁首に吸いつき、包み込み、ヌチャヌチャと擦り立てた。

「メ……メチャクチャ気持ちいいですっ」

「うふふっ、そうでしょう。私の得意技なんだよ。それに――」

　媚薬ゼリーのおかげもあるという。これには勃起力を上げるだけでなく、塗った部分の感度を高める効果もあるそうだ。

（確かに、この気持ち良さは普通じゃない）

　予想以上の快感に、鈴口からカウパー腺液が止めどなく溢れる。

　我を忘れ、自らも腰を振っていた。気がついたときには射精感が抑えられなくなっていた。

「えっ……あ、あ、すみませっ……オオ、オッ!!」

我慢する間もなく、ザーメンが噴き出す。伸枝の顔に思い切り浴びせてしまう。四発目のザーメンだけあって、さすがに少々水っぽくなっている。だが、量と勢いはまったく衰えていなかった。小便の如き放出が続き、みるみる伸枝の顔面を汚していった。

嵐のような射精が終わり、孝道は慌ててティッシュを探す。ぐるりとリビングを見回す。ない。「あ、あの、ティッシュはっ」

「いいよ、拭くのは後で。それより――」

伸枝は舌を出し、唇の周りの白濁液をペロリと舐め取った。小鼻を膨らませて息を吸い込み、うっとりと目を細める。そして言った。

「次は私を気持ち良くして。このオチ×ポで。ね、いけるでしょう?」

乳房の谷間からは、未だガチガチにそそり立っている肉棒が顔を出していた。痛いほどの怒張が続いている。本当に大丈夫か、これ。ちょっとヤバくない?

媚薬が効きすぎているのではと不安になった。それでも依頼人を満足させるのが孝道の仕事である。やめるわけにはいかない。

「は……はい、大丈夫です。えっと、じゃあ、ここでしますか?」

「うん、お願い」

今すぐちょうだい——と、伸枝はソファーに身を沈め、座面の上にひっくり返った。背もたれに後頭部を預け、自らマングリ返しの格好となる。

孝道はいったん床に下りると、伸枝の身体へ覆い被さろうとした。だが、その前にストップがかかる。

「ねえ、せっかくなら私の好きな方の穴でしてほしいんだけど……」

「す、好きな方の穴？」

膝と乳房がくっつくほど、身体をUの字に曲げていた伸枝は、両手で尻たぶを鷲づかみし、グッと左右に広げた。

豊臀の谷間の奥、肉の窄みがあからさまとなる。

「アナルセックスの経験はある？」

孝道はブルブルと首を振った。「な、ないですっ」

「そうなんだぁ。どう、初アナル、体験してみない？　あ、孝くんがアナルに抵抗あるなら、普通のセックスでも別にいいんだけれど」

アナルに抵抗は——まったくないといえば嘘になる。

ただ伸枝の菊門は、肛交が好きだというわりには特に変形もしておらず、放射状の皺が整然と並んでいた。色も、淡いピンクが少々くすんでいる程度である。見ていて、少しの嫌悪感も湧いてこなかった。

「あの……で、でも、大丈夫ですか？　アナルセックスのやり方なんて、僕、全然わからないのに……」

「平気だよ。教えてあげる」

伸枝の指示に従って、アナルセックスの準備を始める。潤滑剤は、先ほどの媚薬ゼリーを使うこととなった。人差し指にゼリーを搾り出し、まずは窄まりの表面へ、それから穴の内側へと塗り込みながらほぐしていく。

「ほぉうっ……おお、おぅん、いいよぉ。やっぱり人にしてもらうのって……き、気持ちいいィン」

代表取締役にして、ゲーム開発のディレクターも務めている伸枝の夫は、会社に泊まり込むことが多く、たまに帰ってきても風呂に入ってすぐに寝てしまうそうだ。他人の手がこの穴に触れるのは数年ぶりだという。

さすがに指の一本程度はたやすく呑み込まれた。排泄が本来の役目である器官にヌプヌプと指を出し入れしていると、倒錯的な興奮が湧き上がってくる。いったいどんな嵌め心地なのだろう？　という期待が膨らんだ。

多少の覚悟はしていたが、しかし指にも爪の間にも、まったく汚れはつかない。なんでも、孝道たちと会う前に、直腸の奥までトイレで洗浄しておいたのだそうだ。

「うああ……お尻の穴が、あ、あっつぅい。孝くん、もう入れて。早くぅッ」

肉門が、媚びるようにキュッキュッと人差し指を締めつけてくる。たっぷりのゼリーで中はもう充分にぬかるんでいた。

孝道は指を抜き、代わりに肉棒をあてがう。窪みの中心に亀頭を押しつけ、

「い、いいですか？」

「いつでも、どうぞ」

腰に力を入れた瞬間、腟口がふっと緩んだ。伸枝が迎え入れてくれたのだ。

亀頭がズルッと菊門を潜り、一気に幹の真ん中辺りまで滑り込んだ。

そして強烈な締めつけが襲ってくる。これが括約筋《かつやくきん》本来の緊縮力かと、孝道は奥歯を噛んだ。硬いゴムのような感触がグイグイと竿に食い込んできた。

「お、おおっ……やっぱり凄いよ、このオチ×ポ……お尻の穴が、ガバガバになっちゃうぅ」

孝道の太マラに押し広げられ、肛穴の縁はパツパツに張り詰めていた。放射状の皺もすっかり伸びきっている。

今にも裂けてしまいそうだったが、それでも伸枝は抽送を始めるように言ってきた。孝道は不安を覚えながら抜き差しをする。恐る恐る、ゆっくりと。

（これがアナルセックス。普通のセックスとはかなり違う感覚だ）

締めつけてくるのは出入り口の肛門のみ。だが一点集中だからこそ、今どこをくびられ、しごかれているのかが、鮮明に感じ取れる。括約筋の門に雁首が差しかかると、混じりっ気のない愉悦がビリビリと駆け抜けた。

「い……いいよ……差し込むときはゆっくり、抜くときは少し早めに……そ、そうっ、そぅウウウッ」

伸枝の指導で、アナル用の嵌め腰のコツがつかめてきた。ピストンが一定のリズムを得ると、より官能が高まりやすくなる。ただでさえ媚薬によって肉棒の感度が上がっているのである。みるみるうちに射精感は臨界点に迫る。

そして、それは伸枝も同様だった。半分白目を剝いた卑猥なアヘ顔を晒し、よだれと一緒に淫声をまき散らす。

「おっ、おっ、ほおぉう！　凄い、こんな……気持ちいいチ×ポ、おぉチ×ポッ、は……初めてッ！　もうイッちゃう、イクッ！」

膣穴からは滾々《こんこん》と蜜が湧き出し、もう割れ目から溢れんばかりだ。濡れた陰唇のヌメヌメとした光沢が情欲をそそる。セックスに縁がなかった頃なら、これだけで充分な夜のオカズになっただろう。

「ぼ、僕も、もう、イキます……！」

「イッて、イッてェ！　お尻の穴に、尻マ×コに！　いっぱい出して！　ふぐぅぅ、イグッ、イグぅぅぅッ!!」

最初は少女のような天真爛漫さを見せていた仲枝が、今や――破廉恥極まりない言葉を喚き、猥褻《わいせつ》な笑みを浮かべ、アナルアクメにどっぷりと酔いしれていた。

そのギャップに圧倒され、男の劣情を煽られ、孝道も後を追うように果てる。絶頂のエキスを直腸の奥まで注ぎ込んだ。

「ううっ、うぐぅ……んああ、ザーメン浣腸《かんちょう》好きイイィ」

ひっくり返った蛙を思わせる格好の仲枝が、ビクビクと戦慄きながら、少しずつ呼吸を落ち着かせていく。

しかし、オルガスムスの炎は未だ女体を焦がしているようで、舌足らずな猫撫で声でさらなる肛交をせがんできた。

「お願いよ、お尻の穴がムズムズ痒いのぉ。孝くんのデカチ×ポでぇ、思いっ切り掻きむしってえぇ」

頭まで媚薬に冒《おか》されてしまったかのような、色に狂った牝の表情――。

孝道は歯を食い縛って尻の交尾を続行する。仕事だから？　わからない。自分も媚薬に理性を蝕《むしば》まれているのかもしれなかった。汗だくになって腰を振る。

「もっとぉ、もっと速くウゥ……そ、そっ！　んほおぉ、いいよぉ、尻マ×コ、めくれちゃウウウッ！」

怒濤のピストンによって、肛穴の縁から血が滲んでも、仲枝は悦びに身悶えた。ソファーがギッシギッシと悲鳴を上げる。グッチュグッチュとゼリーを掻き混ぜる音がそれに加わる。淫らなハーモニーとなってリビングに響き渡る。

滝のように流れる汗で、ふっくらと肉づきの良い女体がつややかに濡れ光る。甘酸っぱい香りが、媚薬ゼリーの嫌みな人工香料を打ち消していった。

孝道は深く息を吸い込み、力の限り肛穴を掘り返す。そして仲枝のマングリ返しに覆い被さった。揺れる巨乳に顔を寄せ、乳輪ごとぱくりと咥え込む。突起を舌で舐め転がし、ときに甘噛みし、チュウチュウと吸い上げた。

「ひゃあん、オッパイ！　孝くん、可愛いよぉ、赤ちゃんみたい……アアッ、アッ、いいよ、もっとチュッチュしてエェ！」

仲枝が、孝道の頭を強く抱き締める。

塩気の利いた乳肉にしゃぶりつきながら、孝道は、これが最後だと己を鼓舞し、下半身を猛回転させた。

脳髄が蕩けそうな激悦。媚薬で感度を増した肉棒には、控えめに絡みついてくる直腸粘膜すらたまらない。

「ああー、イグぅ！　またイッグううッ！」

「う……ぐううぅうっ……！」

本日六回目――もはや水のような精液すらほとんど出なかった。

精根尽きる寸前で、ゼエゼエと肩で息をする。が、

「ねぇ、孝くぅん、孝くぅぅん……もう一回、ね、もう一回だけ、ダメぇ？」

孝道はもう言葉も出なかった。仕事に対する責任感は強い方だが、これ以上は勘弁してほしい。媚薬の力で勃起が続いても、腰の痛みは限界を訴えていた。

仲枝は、肉欲に取り憑《つ》かれた顔でねぇねぇと甘えてくる。どうする？

と、不意に後ろから肩をつかまれた。

グイッと引っ張られ、孝道は尻餅をついて倒れてしまう。振り返ると、怜が立っていた。いつの間に意識を取り戻していたのか。

「そんなに欲しいなら、これでイカせてあげるよッ」

その手には、小さな球体が連なるスティック型のディルドが握られていた。

ペニスの抜けた伸枝の肛穴にズブズブッと突き刺す。そして激しい抽送を始めた。

「はひいい、お尻の穴の裏側がアァ、ダメダメ、ほんとにめくれちゃウンッ！」

ディルドの球体の一つ一つが、出入りするたびに肛門を押し広げる。穴の縁を内側へ引きずり込み、外側へと引っ張る。このディルドは、まさにアナルを効果的に責め立てるためのものだ。

「ほら、孝道くんもっ」

怜は、床に置かれた伸枝のトートバッグを顎で指す。

(怜さん……僕を助けてくれたんだ)

心の中で感謝しながら、孝道はバッグの中の淫具を物色した。どう使うのかわからないものもある。悩んだ末、シンプルにディルドを選んだ。

樹脂製の透明なディルドである。かなり精巧に勃起した肉棒を再現している。ゴムか、シリコンか——力を加えればほぼ直角まで曲がり、手を離すとビヨヨンと跳ねた。

徹底的に満足させるため、念には念を入れて、ディルドに例の媚薬ゼリーを塗りたくる。いきます！　と、伸枝の膣穴に挿入した。

「んほおおぉ！　りょ、両方いっぺん……しゅごっ、しゅごイイッ！　マ×コと、アナル、ううぅ、そんなに激しくしたら、壊れちゃうよオオッ！」

　二本の疑似ペニスが交互に出たり入ったり――。

　それは実に淫猥な光景で、ディルドを握る手につい力が籠もる。さらに速く、奥まで抉るように、抽送を激化させた。

「伸枝ぇ、さっきは失神するまで乳首をいじり倒してくれてありがとう。たーっぷりお礼してあげるから！」

　どうやら怜は、先ほどのことを根に持っているようである。楽しげに口角を吊り上げているが、目は全然笑っていなかった。擦り切らんばかりの勢いでアナルを蹂躙《じゅうりん》しまくっている。

「イイーッ！　イグぅ！　イグイグううぅッ‼」

　媚薬ゼリー漬けの肉穴を上下同時に抉り立てられ、伸枝は呆気なくアクメを迎えた。

　それでも怜は手を休めない。今や赤く腫れ上がった肛門をなおも掘り返し続ける。

　さすがにイキ疲れたのか、もうやめてと伸枝が脚をばたつかせた。

「孝道くん、そっちの脚っ！」

「え……は、はいっ」

　マングリ返しの伸枝の右脚を怜が、左脚を孝道が押さえ込む。二穴責めは容赦なく続行された。

さらに怜は、ディルドからいったん手を離し、媚薬ゼリーのボトルをつかむ。左右の乳首とクリトリスに注ぎ口から直接塗りつけた。

「ヒイイーッ！」

孝道と怜は、肘で伸枝の脚を押さえながら、感度の増した乳首をつまみ、こね回す。ときおり抽送の手を止め、交代でクリトリスを擦り倒す。

「イグイグイグゥウウウーッ!!」

その後、伸枝は三度、アクメの淵に落とされた。

最後は白目を剝き、口から泡を吹いて失神する。潮吹きではなく、黄金色の液体をリビングの床にぶちまけて——。

3

ソファーに伸枝を寝かせたまま、孝道は怜と二人で、キッチンとリビングの後始末をした。牡と牝のエキス、そして小水にまみれた伸枝の股間も、もちろん綺麗に拭いてあげる。ただ、その前に、怜がスマホのカメラで撮影した。

「伸枝って甘えん坊が過ぎるところがあるからね。今度わがまま言ったら、この写真で黙らせてやるの」

親友の失禁写真をスマホに収め、怜は茶目っぽく笑った。

その後、孝道は敦子に連絡を入れ、それからシャワーを借りた。

服を着てリビングに戻ると、怜が珈琲を淹《い》れてくれていた。芳ばしい香りに誘われて伸枝も目を覚まし、マカロンやクッキーを出してくれる。

が、珈琲をほんの一口、二口飲んだところで、敦子が迎えに来た。帰る前に少し休んでいったら？　その時間の分の料金ももちろん払うから——と怜は言ってくれたが、敦子は丁重に辞退した。夏至が近いこの時分、外はまだ明るいが、時刻はすでに夕方の六時。ここから孝道の地元まで、また車で一時間以上かかるのだ。

名残惜しげな二人の女に見送られながら、孝道はふらふらと助手席に乗り込んだ。

車を発進させてから、敦子は苦笑を浮かべて言った。「お疲れ様。一度に二人のお相手はさすがに大変だった？」

「え……ええ、まあ」

「ごめんなさいね。孝道くんは休んでいきたかったでしょうけど、私、この後、ちょっと用事があるのよ」

そうですか――と言って、孝道はシートに身を預けた。

ふと、バックミラーに目が行く。後部座席にたくさんの荷物が置いてあるのが見えた。来るときには、あんなものなかったのに。

「……なんですか？　あれ」

「え？　ああ、お土産よ。おまんじゅうにカマボコ、魚の干物……箱根の水で作った地ビールなんていうのもあるわね」

どうやら敦子は、孝道が仕事に励んでいる間、箱根観光を満喫していたようだ。

「雨の箱根っていうのも、雰囲気があって悪くなかったわ」

孝道は疲れが倍増したような気分になる。「海堂さん……僕が働いている間、遊んでいたんですか？」

しかし敦子は悪びれることなく、こう言い放った。

「大丈夫、孝道くんの分も買っておいたから安心して。すっごく有名なバウムクーヘンがちょうど最後の二個だったの。おうちでお母さんと食べなさい」

「……ありがとうございます」

もう地元に着くまで寝ることにした。

第五章　バカンスは陸の孤島へ

1

それからひと月ほどの間に、孝道は新しく七人のセレブ女性と出会い、彼女たちの性のお手伝いをした。

映画館でオナニーをしていたあの女性も依頼をしてきた。あのときのやり直しとばかりに二人で劇場に出向く。孝道は暗がりの座席で彼女の乳房を揉み、スカートの裾から手を入れて、パンティの奥に指の愛撫を施した。彼女は、映画が始まってから一時間で三回果て、手淫だけでは我慢できなくなり、孝道を劇場の女子トイレに連れ込む。個室の中でバックで交わり、声を殺して共にオルガスムスを迎えた。

七人のセレブ女性の中には、セックスを求めず、デートをしておしゃべりするだけで満足する者もいた。不器用ながらも誠意を尽くした孝道の〝接客〟は、ほとんどの依頼人に喜ばれ、二度、三度と、依頼を入れてくれた。

一番のリピーターはアリスと怜である。

二人とも、最低でも週に一度は孝道と会い、セックスに溺れた。アラサー、アラフォー女の性欲は、やりたい盛りの男子にも劣らぬものがあり、二日連続でアリスと怜の依頼が入ったりすると、若い孝道もさすがにこたえた。

収入は、コンビニでバイトをしているときとは比べものにならないほど増えた。この調子なら、大学を卒業する前に家の借金を完済することも充分可能だろう。

ただ、体力や精神力はもちろんのこと、特に精力の消耗が激しい。疲れた顔の孝道を見かねた敦子は、七月の中旬辺りになると、すべての依頼を断った。

「もうすぐ大学の前期テストでしょう？　それが終わるまでは仕事はなしよ」

おかげですべての試験をベストコンディションで臨《のぞ》めた。充分に準備もできていたので手応えはばっちり。単位を落とすことはまずないだろう。

そして八月。大学の夏休みが始まった。

その日、孝道は、また地元駅前のロータリーにいた。敦子の車を待っているのだが、今日は仕事ではない。敦子が慰安旅行を企画してくれたのだ。

その発端は、長期休暇に入った孝道と旅行がしたいと、アリスが言いだしたことにある。もう一人のお得意様である怜、そして伸枝にもそのことを話してみると、自分たちも是非参加したいと言ってきたそうだ。計画は、とんとん拍子で七月のうちにまとまり、宿泊先は伊豆にあるアリスの家の別荘となった。

(夏休みに旅行なんて、小学生のとき以来だ。ああ、ワクワクする)

真夏の強い日差しを避け、建物の陰で待っていると、敦子の車がやってきた。その後ろには怜が運転する車も。どうやら二台に分かれて行くようである。

ウインドーを下ろして敦子が言った。「お待たせ、孝道くん。さあ乗って」

後ろの車の助手席から、伸枝がにこにこしながら手を振っている。

運転席の怜は、不機嫌そうに孝道を睨んでいた。

「怜さん、なにかあったんですか……？」

敦子はこっそりと囁く。「君がどっちの車に乗るかで、ここに来る前にちょっと揉めたのよ。帰りはあっちの車に乗ってね」

孝道が、敦子の車の後部座席に乗り込むと、そこにはアリスが勝ち誇った笑みを浮かべて待っていた。

「こんにちは、孝道。さあさあ、もっとこっちに来て、ほらぁ」

今日のアリスの服装は、黒のタイトなキャミワンピース。ストレッチ性に富んだ布地は身体にぴったりと張りつき、熟れた女体の凹凸をあからさまにしている。

スカートは超がつくミニ丈で、ムッチリとした太腿のほとんどが剝き出しになっていた。今にも裾からパンティがはみ出しそうである。

ストッキングは穿いておらず、完全なる生足にヒールの高いおしゃれなサンダル。セレブらしさもありながら、まるで娼婦の如き扇情的なファッションだ。孝道は、ドキドキしながら彼女の隣に座る。

車が走りだす。別荘までは、最短ルートでも二時間半かかるという。

アリスは爆乳の膨らみを孝道の肩に押しつけてきた。耳元に甘く囁いてくる。「二週間も会えなくて、本当に寂しかったのよぉ」

「あはは……すみません。おかげさまでテストの手応えは充分でした」

「そう、それは良かったわ。じゃあ心置きなく夏休みが楽しめるわね。私もね、今回の旅行が本当に楽しみで……うふふっ、昨夜はなかなか眠れなかったのよ」

夏のこの時期に旅行に行くなど、ホテルに就職してからは初めてだと、アリスは言った。八月といえば宿泊業界は繁忙期の真っ只中である。アリスは総支配人で、副総支配人の夫はいないも同然。普通なら連休を取るなど不可能だ。

が、アリスは、自分がいない間もホテルの仕事がなんとか回るように、各部門の支配人に土下座をする勢いでお願いしたのだという。幸いにして、特に反対もなく連休を取得できた。きっと彼女には人望があるのだろう。

イチャイチャしながらそんな話をしていると、車は国道を経て、やがて高速道路へ
——ＥＴＣのゲートを通過し、片側三車線の広い道路に出る。

と、アリスは妖しく目を細め、しなだれかかってきた。

「ねぇ孝道、ちゃんと水着は用意してきた？」

今向かっているアリスの別荘は、すぐ目の前が海なのだという。

「は、はい。大したことない、普通のですけど」

「そう——私もね、今日のために素敵なのを用意したのよ。昨日の夜は、そのための準備もしっかりしてきたんだから」

「準備、ですか？」

「ええ、そうよ」

アリスはワンピースの裾をずり上げ、白いパンティを、三角の頂点を露わにする。

アッと驚く孝道の手をつかみ、脇の部分からパンティの内側へと誘い込んだ。

（あ、あれ……毛の感触が、ない……!?）

股間のブロンドヘアはかなり豊かに茂っていたはずだ。それなのに——

戸惑う孝道を見て、アリスは助平《すけべえ》な笑みを浮かべる。

「私って、アソコの毛の量が結構多いでしょう？　だから水着からはみ出さないように、昨日の夜、お風呂で整えたの。それで、せっかくだから全部剃《そ》っちゃったんだけど……どうかしら？」

孝道の指に、少女のようなツルツルの恥丘の感触が伝わる。大陰唇の方まで綺麗に剃ってあるようだ。

そしてヌルヌルの秘裂。どうやらアリスはすっかり発情しているようである。思わず中指でクリトリスを探ってしまう。果たせるかな、包皮に包まれた肉豆は肥大して、コリコリに充血していた。

「ああ、あぅん……いいわぁ、もっといじってぇ」

腰をくねらせ、嬌声を上げるアリス。その声で、孝道はハッと我に返った。すぐ前の運転席に敦子がいるのだ。

しかしアリスはまるで気にしておらず、自らも孝道の股間を撫でてきた。ズボン越しの摩擦で、中のものがムクムクと充血を始める。

「あはっ、今日も元気なオチ×チンね」

「ちょ、ちょっとアリスさん……ううっ」

指や掌で熱心に擦られ、みるみるうちに恥ずかしいテントが張られた。

ズボン越しに屹立を握り、その感触を愉しんでいたアリスは、

「ねぇ……私もう我慢できない」と呟くや、己のパンティに手をかけ、あっという間に脱いでしまう。そして、孝道のズボンのファスナーも下ろそうとする。

「うわっ……だ、駄目ですって。いつ誰かに見られるか……」

三車線もあれば、これから他の車と隣接する瞬間もあるだろう。ウインドウには視線を遮るスモークフィルムは貼られていない。しかしアリスは諦めなかった。

「見られるとしたら、右側の車線から追い抜かれるときくらいでしょう？　そんなのほんの一瞬よ。平気平気」

「いや、でも……ま、まずいですよね、海堂さん？」

「私としては別に構わないのだけど……ねえ、五条さん、孝道くんは今、慰安旅行中です。お仕事で来ているんじゃないことをお忘れなく」

淡々とした口調は静かな迫力を帯び、さすがのアリスも手を止める。

「う……も、もちろんわかっているわ」

孝道はほっとした。二週間ぶりの熟れた肉を味わいたい思いはあったが、いつ覗かれるかわからないこんな状況では――映画館の暗がりでこっそり乳繰り合うのとはわけが違う。

別荘に着いてからなら喜んでと、孝道は言おうとした。が、

「けどまあ、その慰安旅行に五条さんの別荘を使わせていただくわけですから、お礼は必要ですよね」

敦子はあっさりと言った。「孝道くん、一回だけお相手してあげて」

「ええっ!? そ、そんなぁ」

「うふふ、ありがとう、海堂さん」

途中で止まっていたファスナーを一気に下ろし、ボタンも外し、アリスはズボンとパンツをいっぺんに膝までずり下げた。

バネ仕掛けのように勢い良く跳ね、天を仰ぐイチモツ――それを見て、舌舐めずりをする。「一回だけね、とりあえず」

アリスは孝道の腰にまたがり、蹲踞《そんきょ》の姿勢となって肉棒を指で支える。

対面座位での挿入。濡れに濡れた女陰は、いきり立つ巨砲をたやすく呑み込んだ。

「あ、うぅん、久しぶりの孝道のオチ×チンんん……!」

ズブリ、ズブリ。肉棒の先の方から、柔らかく熱い感触に包まれていく。根元まで挿入し、亀頭が腹の奥をズンと突くと、アリスは悦びで全身を戦慄かせた。そして早速腰を躍らせ始める。

（ええい、こうなったらしょうがない）

敦子の命令には逆らえない。それに孝道にとっても二週間ぶりのセックスだ。膣肉の感触が理性を溶かし、誰かに見られるリスクのことなど忘れてしまう。

ピストンに合わせてタプンタプンと上下に揺れる胸の膨らみ。

孝道は、キャミワンピースの肩紐を外し、胸元をずり下ろした。ノーブラ――いや、ブラカップがワンピースの内側に直接縫いつけられていた。透けるように白いＪカップの生爆乳が露わになる。

両手で鷲づかみにし、まずは底抜けに柔らかい乳肉を存分に揉みほぐした。それから胸の谷間に顔を突っ込む。ぱふぱふと掌で寄せて、頬で乳圧を堪能しつつ、谷間に籠もる馥郁《ふくいく》とした女の香りを胸一杯に吸い込んだ。

アリスの腋の下にも鼻を寄せ、その匂いを嗅ぐ。胸の谷間の匂いよりも強く、より刺激的だ。アリスが恥じらいの声を上げる。

「やぁん、孝道ったら、またそんなところを嗅いだりして、本当に好きねぇ」

最初の依頼のときはすぐに洗ってしまったので、女体の生の匂いを愉しむ暇はなかった。二度目以降の依頼で、孝道はその匂いに嵌まっていったのである。

欧米人は体臭がきついと聞くが、アリスのそれは別に臭くはない。ただ、確かに日本人女性よりは濃いフェロモンを放っていた。

「なんていうか、とってもエッチな匂いで興奮するんです。今日は、特に。やっぱり夏は汗をかくからでしょうね」

「も、もう、バカぁ」と言いつつ、まんざらでもなさそうなアリス。

若い牡の情欲を煽ることができる――それは年増の女にとって、とても喜ばしいことなのだろう。両手で孝道の肩をつかみ、さらに活き活きと腰を動かす。

あまり上下に跳ねると天井に頭がぶつかるので、ペニスを深々と挿入してから、細かく腰をグラインドさせる。前後に、左右に、そして円を描くように。ねちっこくくねらせる卑猥なベリーダンス。

「あうぅ、ううぅん、奥にぃ……オチ×チンが奥に、グリグリ当たるのおぉ……おほおぉおぉ」

完熟したフランス女の喘ぎ声と淫臭が車内に満ちていく。

度重なる依頼、数えきれぬほどの交わり、それによってアリスのポルチオは性感帯として完全覚醒していた。パンパンに膨らんだ亀頭が子宮の入り口を抉り、こね回せば、膣内の肉ミミズがいっせいに目を覚ます。モゾモゾッと蠢き、雁首といわず竿といわず絡みついてくる。

（ああ、これ、これだ……相変わらずの気持ち良さっ）

肉棒中を這い回る妖しい快美感に、呻き声を上げずにはいられなかった。派手な抽送などなくとも、挿入しているだけで着実に射精感が高まっていく。

「アリスさん、僕、なんだかいつもより早くイッちゃいそうです……！」

「はぅ、ううっ、わ、私もっ……久しぶりのセックスだから、かしら……凄く感じちゃう、あううんっ」

車が橋梁の継ぎ目を越えるときの振動にすら、アリスは悩ましげな嬌声を上げた。継ぎ目が続けば、女体はそのたびにビクッビクッと戦慄く。

いつしか女腰のグラインドも緩やかになり、二人は繋がっているだけの純粋な悦び、スローセックスの愉悦に浸っていった。

今はこうしているだけで充分に気持ちいい。間近に見つめ合って、共に同じことを考えていることを確かめる。いくら金銭の絡んだ関係とはいえ、幾度も肌を重ねれば情も深まるし、気持ちも通じ合うのだ。

互いに微笑み、唇と唇が接近する——が、
そのとき一台の車が、右側の車線からこちらを追い抜こうとしてきた。同じ方向に進んでいるので、ゆっくりと擦れ違う。向こうは、家族で乗っている車のようだ。助手席の女は運転席の方を向いている。ただ、後部座席に小学生くらいの男の子がいて、窓から外を眺めていた。

男の子は、乳房を丸出しにして男にしがみつくアリスに気づく。大口を開け、目を真ん丸にする。

「か、海堂さん、見られてますっ」

孝道は慌ててアリスの顔を隠す。

即座に敦子はアクセルを戻し、車を減速させた。速度の差が広がって、右の車はすぐにこちらを追い抜いていった。窓にほっぺたをくっつけた男の子が、前方へと遠ざかっていく。

ほっとすると、その直後、アリスが孝道の顔にキスの雨を降らせてきた。

「ああん、孝道ったら、自分よりも私の顔を隠してくれて——そういうところがほんと可愛いわぁ。んっ、んっ、んちゅっ」

「あ、あの、でも……胸とかは思いっ切り見られちゃいましたよっ？」

「いいわよ、別に。あんな子供にオッパイ見られたって、なんてことないわ」

一番の危険は身元がばれることだ。とっさに彼女の顔を隠したことで、その事態は回避できたと思う。しかし実際に覗かれたことで、忘れていた危機感が孝道の頭に蘇ってきた。

「や、やっぱりもうやめませんか？　続きは別荘に着いてからで……」

だが、アリスは聞き入れてくれない。いやんいやんと、駄々をこねる子供みたいに首を振る。ねっとりとした助平な腰使いで股間を擦りつけてくる。

「あ……いいっ……アソコの毛を剃ったからかしら……大陰唇が直に擦れて、とっても心地いいわぁ……あぅん……ク……クリトリスもおぉ」

コリッとした感触が、孝道の恥骨に擦りつけられた。溢れた女蜜が摩擦面を潤し、ヌチュヌチュ、グチョグチョと卑猥な音が鳴り響く。

こうなったら一刻も早く終わらせるしかなかった。孝道は、両手を熊手のようにして、女の背中に指を滑らせる。上から下へと甘く引っ掻く。

「アッ、ヒインッ、そ、それ、ダメぇえっ」

背中を弓なりにして、アリスはガクガクと身を震わせた。

最初の頃のセックスでは、背中への愛撫は、愉悦よりもくすぐったさが勝っていたようだった。だが、今では非常に有効な性感帯となった。孝道が指を這わせ、舌を這わせ、丹念に開発したのである。

「背中、されると、気持ちいいけどぉ……んああっ、やっぱりムズムズするのッ……あ、ひゃあっ、やぁん、今はやめてぇ、イッちゃうウウウッ」

「どうぞ、イッちゃってください」

上半身がのけ反れば、欧米サイズの豊満バストが突き出される。孝道は肉丘の頂上に食いつき、パステルピンクの突起をレロレロと舐め転がした。たまに吸い上げ、硬くしこったところに歯を立てる。右、左と交互に。

「ヒインッ……ホオオッ……いや、いやぁ、到着するまで、ずっとこうしていたいのにイイ！」

胸と背中、二つの愉悦に挟まれたアリスは、顔を真っ赤にして身悶えた。膣口がキューッ、キューッと、収縮を繰り返す。

「到着するまでって、あと一時間半くらいかかりますよ。さすがにそれは無理です。さあ、腰を上げてください。ほらッ」

孝道は、豊臀に平手を打ち込んだ。パァンッと乾いた音が響く。

だが、アリスは怒ったりしなかった。むしろ年下の男に叱られたことで倒錯的な悦びを感じているようだ。

「はぅん、怒らないで、孝道ぃ。言うとおりにするからぁ」

依頼を受け続けるうちに、なんとなくわかってきた。アリスは、叱られたくてわざと無茶なわがままを言うことがある。きっと今もそうだろう。

孝道も、自分よりずっと大人の女性を叱るという、その愉悦に、だんだんと目覚め始めていた。

アリスが腰を浮かせるや、荒々しく女壺を突き上げる。

背筋に指先を滑らせ、乳首をしゃぶり倒し、座席シートのスプリングを利用して怒濤のピストンを膣底に喰らわせる。

ストロークが短い分、肉拳によるジャブの嵐でポルチオを揺さぶる。力強く、打つ、打つ、抉る。膣壁を削る勢いで雁エラを擦りつける。

「イイーッ！　イグううう！　いや、いやっ、イッぢゃウウウーッ!!」

随喜の涙を流して、アリスが昇天した。柔らかな膣肉がペニスにぴったりと張りつき、歓喜するミミズたちの蠢動は最高潮となる。

「ううっ……僕も……クウウッ!!」

ぐったりともたれかかってくるアリスを抱き留め、二週間ぶりの膣内射精に酔いしれた。

2

途中、サービスエリアで昼食を挟み、午後三時頃に一行は西伊豆のとある漁港へ到着した。別荘がある海岸へ行くには、その漁港から船に乗らなければならなかった。

ここらの地形はリアス式海岸で、ギザギザした海岸線が続いている。

別荘は、木々に覆われた山と切り立つ崖に囲まれた入り江に建っていて、その場所まで繋がっている道路が存在しないというのだ。まさに陸の孤島である。

アクセスは極めて不便だが、その代わり、誰にも邪魔されずにすむプライベートビーチだ。船から降りた孝道たちは、ほぼ手つかずと思われるその海岸の美しさに目を輝かせ、そして高揚した。あさってまで、この場所を自分たちだけのものにできるのだ。オーナーのアリスも得意げに胸を張っている。

別荘のコテージは、海岸に面して建っていた。

一同は、それぞれにあてがわれた部屋へと散らばった。孝道も自分のゲストルームで荷物を下ろし、とりあえず一休みする。

壁も天井も、部屋中が木で出来ていて、自然に囲まれた環境と上手く調和していた。ホテル王の一族が所有する別荘だけあって、部屋の造りは柱の一本に至るまで高級感に溢れている。椅子や棚、枕元のスタンドなど、調度品もお洒落なものばかりだ。

ベッドのサイズはセミダブル。ふかふかのマットレスに腰掛け、あちこちを眺めていると、不意にドアがノックされた。やってきたのは怜だった。

険しい顔の彼女は、室内に入るや、こう言った。

「さっき、車の中でセックスしていたでしょう」

孝道はドキッとする。なぜ知っているのだろう？　怜の運転していた車は、敦子の車のすぐ後ろを走っていた――が、高速道路は車間距離が広い。前方の車の中の様子など、とてもではないがうかがえなかったはず。

しかし、怜は確信を込めて言った。「誤魔化そうとしたって無駄よ」

なんでも助手席に座っていた仲枝が、カメラで車窓からの風景を撮影していたのだそうだ。カメラには高倍率のズームレンズが装着されていた。

それをたまたま敦子の車に向けたところ、カーセックスの現場を目撃してしまったという。乳房を露わにして身体を揺すっているアリスの姿を。

「責めるつもりはないよ。アタシは別にお巡りさんじゃないし」

そうは言いつつ、怜は、拗ねた子供みたく唇を尖らせた。「ただ……アタシだってこの二週間我慢してたんだから。孝道くんのペニスを」

つかつかと歩いてきて、ベッドの端に腰掛けている孝道の股間をギュッと鷲づかみにする。そして熱い吐息と共に囁いた。アタシにもちょうだい――と。

芸術家の手が巧みに動き、ズボン越しに陰茎を揉んでくる。

「い、いや、でも今は……荷物を置いて一息ついたらリビングに集合って、海堂さんがさっき言ってたじゃないですか」

「じゃあ、お口でさせて。すぐに終わらせるから、ね？」

返事も待たず、怜は早々に孝道のズボンを下ろしてしまう。「いいじゃない。孝道くんだって私のフェラチオ好きでしょう？」

クールな雰囲気の怜に、男に尽くすイメージはあまりない。

だから孝道は、彼女の口淫奉仕の巧みさには驚かされた。

二度目の依頼を受け、都内のホテルで二人っきりで会ったときに、それは披露されたのだが、ただの前戯とは思えぬ、セックスにも劣らぬ気持ち良さだった。

彼女の口技は、敏感すぎる乳首と同様、海外で付き合った男の一人に仕込まれたそうである。別の生き物の如く躍動する舌は、熟練の風俗嬢もかくやと思われた。

連続で三発も、彼女の舌と唇に搾り取られたこともあった。そのときのことを思い出すだけで、陰茎がジンジンと疼きだす。

「……わかりました。ほんとにフェラチオだけでいいんですね？」

「うん、女に二言はないよ」

孝道はパンツまで脱がされ、ベッドの縁で股を広げさせられた。

ひざまずいて、怜が股間に顔を寄せてくる。ペニスから立ち上る淫臭に、彼女は眉をひそめた。

「この匂い……五条さんの匂いが混じってるんだね」

欧米人の体質なのだろう。腋の下と同じく、アリスの女陰に籠もる香りもなかなかに濃厚だ。一戦交えれば、肉棒にもフランス女のフェロモンがしっかりと染みつく。

それでも怜は、鼻先を肉棒にくっつけるようにして、執拗に嗅ぎ続けた。

自分以外の牝の匂いに苛立《いらだ》ちを覚えつつ、それすらも官能を高める材料にしているようだった。鼻息が艶めかしく乱れていく。

大人の女性に性器の恥臭を嗅がれるという、羞恥心と優越感が交錯した興奮。さらに怜は、片手で半勃ちの陰茎を握り、ゆるゆるとしごいてきた。

たちまち完全勃起状態となる。怜は臆《おく》することなくペロリと幹を舐め上げた。別の女の淫蜜が染み込んだ肉棒に積極的に舌を這わせ始める。

「んっ……れろっ、れろっ……いつものペニスの味じゃない……ああ、もうっ」

アリスの蜜の味がするのだろう。不愉快そうな顔をする怜。が、それも最初だけで、舌奉仕を続けるうちにどんどん表情が蕩けていく。

（フェラチオしてるときの怜さんって、なんていうか……本当に嬉しそうだ）

切れ長の瞳をさらに細くし、うっとりと微笑んでいる。孝道は尋ねた。「……そんなにフェラチオが好きなんですか？」

「れろっ……フェラチオ、嫌いじゃないけど……」

怜は首を振る。「アタシはね、あなたのペニスが好きなの。形も、触り心地も、挿入されたときの感触も、全部。このペニスを舐めているだけで、自分でも不思議なくらい幸せな気分になるんだよ」

普段のむっつりした態度からは想像できない、優しく柔らかな表情。

孝道の胸が思わず高鳴る。性器が好きと言われて、少々複雑な思いはあるが、素直に嬉しくもあった。自分のペニスにこれだけ心酔している女性がいるのだ、と。

「んふぅん、もういいかな」

隅から隅まで丹念に舐め尽くし、改めてクンクンと匂いを嗅いで――怜はにっこりと相好《そうごう》を崩した。

そしてチュッチュッとついばむようなキスを繰り返す。愛おしくてたまらないとばかりに、亀頭に、裏筋に、幹のあちこちに。

それから、いよいよ得意のフェラテクを振るう。ぱくりと咥え込み、絶妙な力加減で甘噛みしてきた。上下の前歯を軽く押し当て、唾液にまみれた幹にゆっくりと滑らせる。いわば歯コキだ。

硬い歯の感触でしごかれると、手筒や唇よりももっとクリアな快美感が走った。男の急所を噛まれているというスリルもたまらない。フェラチオ巧者の怜がしてくれているからこそ、孝道も安心して身を委《ゆだ》ね、愉悦を得られるのだ。

顔を上下させながら、怜は亀頭に舌を絡みつけ、レロレロと裏筋をくすぐる。

上目遣いで、ときに色っぽい視線を投げかけてくる。どう、気持ちいいでしょう？

「れ……怜さんのフェラチオは、僕が知っている中で、一番上手です」

「んちゅ……ふぅん、そんなにいろんな人に咥えてもらってるんだ」

「えっ、い、いや、そういうわけじゃ……」

「ふふっ、冗談だよ。褒めてくれたんだよね。じゃあ、もっと気持ち良くしてあげなきゃ」

怜は甘嚙みをやめ、唇の締めつけに切り替えた。先ほどよりも早く首を振り、ジュッポジュッポと竿をしゃぶり立てる。さらに舌をクルクルと回転させて、亀頭や雁首に絡みつけた。

それはまるで淫らな肉のミキサー。勢い良く回る舌が、差し込まれた陰茎を揉みくちゃにする。往復と回転による複雑な摩擦快感に翻弄される。

「んっ、んっ、んぼっ、むぼっ、ちゅぶぶっ」

機械のように速く、正確に、淀みなく、怜はしゃぶり続けた。

ときおり肉棒を吐き出して、陰囊を口いっぱいに含む。

竿には手コキを施しつつ、皺だらけの袋の表面を舐め上げ、睾丸を片方ずつ舌で転がす。緩急と強弱をつけてねぶり倒す。

これも力加減を間違えれば激しい痛みをもたらすプレイだ。しかし、これまでに怜がそんなミスを犯したことは一度もない。痛みになる寸前まで男の急所を責められると、他では味わえない愉悦となる。

そしてまた、ペニスをしゃぶられる。唾液まみれの陰囊は、オイルマッサージさながらに掌で揉みほぐされた。あまりの気持ち良さに呻き声を漏らすと、

「……ん、そろそろイッちゃいそう？　じゃあ、あれをしてあげる」

怜は、一番の得意技であるディープスロートへと切り替えた。

孝道の巨砲を根元まで咥え込んで、彼女の鼻先が陰毛に埋まる。

ペニスの先端が喉の奥まで入り込み、喉粘膜でキュッと締めつけられた。

並の者ならすぐにもオエッとえずいてしまうだろうが、怜は平然と抽送を始めた。

雁のくびれまで引き抜き、幹がすべて隠れるまで呑み込んだ。

喉の穴に肉棒が潜り込めば、セックスとは似て非なる愉悦が湧き上がる。十八センチほどの長槍が朱唇の中に出たり入ったりする様も、実に壮観だった。

（ああ……ほんとにもうイッちゃいそうだ）

それでいいはずなのだが、なんだか申し訳ない。これも職業病か、受け身になって女性に奉仕してもらうだけというのは、妙に落ち着かなかった。

仕事で来ているのではない。今は慰安旅行中なのだ。そのことに気持ちが慣れるまで、もう少しかかりそうである。

かがんだ姿勢の怜が上半身を揺らすたび、彼女のカットソーの襟元《えりもと》がチラチラと見え隠れする。深めのVネックだ——

孝道は、その隙間から片手を突っ込み、乳房に張りついているものに指先をひっかけた。敏感な乳首をガードするため、怜は今日もシリコンブラを装着していた。

端っこをつまんで一気に剝がす。

「もがっ……んんんッ!?」

肉棒を咥えたまま奇声を上げる怜。孝道はVネックから手を抜き去り、今度は彼女の胸に触れた。人並み外れたサイズの乳首はすぐに見つかる。カットソーの上から指先で軽く引っ掻く。

「お、おおっ……ホオオォンッ!」

孝道はもう片方の手も使って愛撫を始めた。クリトリスに匹敵する感度の乳首を左右同時にいじれば、怜は唇の端から唾液をダラダラとこぼし、狂おしく背筋をくねらせた。

しかしディープスロートは続く。乳首の愉悦に怜が呻くたび、声帯が震え、肉棒へのバイブレーションとなった。鈴口から先走り汁を大量にちびりつつ、孝道はカットソーと乳首をゴシゴシと擦り合わせる。充血して硬くなった肉突起を上下左右にこね回す。

「んごぉ、おおっ、んぐぅ、ウウーッ!」

引きつけを起こしたかのようにビクビクと痙攣する怜。

口元をよだれまみれにし、ほとんど白目を剝いた卑猥なアヘ顔——

見ているだけで牡の劣情を煽られ、前立腺のリミッターが外れた。ちょうど亀頭が喉を潜ったタイミングで、盛大な噴出が始まる。

「イキますッ、うぐっ、くうウウッ！」

この二週間ほど、テストの準備に追われ、ろくにオナニーもしていなかったので、精気は充分に養われていた。先ほど、アリスと一戦交えたばかりだが、まだまだ有り余っている。小便の如き勢いで、大量の熱いザーメンを喉の奥に注ぎ込む。

オルガスムスの愉悦に歯を食い縛り、つまんでいた乳首をギューッと押し潰した。

「おごぉお、ウグ、ウグッ、ンググーッ!!」

断末魔の唸り声を上げながら、怜は全身をガクガクと震わせる。どうやら乳首の愉悦だけでアクメに達したようだ。

強制的に白濁液を食道へ流し込まれている状況——さすがに苦しいのか、瞳に涙を浮かべていた。苦悶と喜悦の入り混じった表情に、恍惚《こうこつ》の極みがうかがえた。

やがて射精が終わると、怜はがっくりと床に崩れ落ちる。肉棒がズルリと朱唇から抜け落ちた。

「うぐ……はぁ……ふぅ……凄くいっぱい出してくれたね……嬉しい」

ペニスを真っ直ぐに見つめ、熱っぽい微笑みをたたえる怜。

額に噴き出した玉の汗もそのままに、再び舌を伸ばし、粘液まみれの男性器を恭《うやうや》しく清めていった。

3

孝道が二階のゲストルームから一階のリビングへ下りると、すでに敦子とアリス、伸枝の三人が集まっていた。

ほどなくして怜もやってくる。全員が集合したところで、別荘の主であるアリスから注意事項の説明があった。ここでは水も電気も問題なく使えるという。が、なにしろ陸の孤島なので、必要なものがあったら、例の漁港から管理人に船で運んでもらうしかない。

もし身体の具合が悪くなっても、すぐに救急車を呼ぶというわけにもいかないのだ。今の時期、くれぐれも熱中症などには気をつけるように、と。

「後は——そうね、もちろん海にも注意して。ここは入り江だから波は穏やかだけど、万が一溺れたりしても、ライフセーバーなんていないんだからね」

孝道たちは揃って頷いた。それから伸枝がクスッと笑う。

「まるでミステリーの舞台みたい。殺人事件が起きなきゃいいけど」

「荒木さんったら……誰が誰を殺すっていうんですか？」

苦笑いを浮かべ、敦子が言った。仲枝は「冗談だよ、冗談」と言って、また笑う。

しかし、アリスと怜は笑わなかった。引き攣った表情で一瞬目を合わせ、気まずそうに顔を逸らす。この二人、どうやらあまり仲が良くないようだ。

その後は全員、夕食まで自由行動となった。解散する前に敦子が、

「孝道くん、今日はお仕事じゃなく、あくまで慰安旅行なんだからね。君は君の自由に過ごしていいのよ。皆さんも、よろしくお願いしますね？」

さりげなく女たちに釘を刺す。渋々という感じに頷くアリスと怜。仲枝は元気に「はーい」と返事をした。

これによって孝道にくっつきにくくなり、アリスと怜はすごすごと自分の部屋に戻っていった。仲枝も、怜について二階に上がる。

敦子は、別荘内の備品や、管理人に用意してもらっておいた食料の確認などをするという。孝道はぽつんと取り残される。

(誰にも絡まれなくなると、それもなんか、ちょっと寂しいな……)

しかし、せっかく気を遣ってもらったのだ。今は一人の時間を楽しもう。孝道は、

リビングの窓から外を眺めた。真夏の空と海が蒼《あお》さを競い合っていた。

その美しさに誘われて、孝道はいそいそと自室に戻り、サーフパンツ一丁の格好に着替える。コテージを飛び出し、目の前の海岸へと向かった。

潮の香りを胸一杯に吸い、入り江の小さな砂浜に立つ。水平線まで目を凝《こ》らしても、一艘の船も見当たらなかった。思わず叫びたくなる。叫んでしまおうか。

そんなことを考えていると、後ろから名前を呼ばれた。仲枝だった。

「せっかく海に来たんだから泳がないとね。私、こう見えて泳ぎは結構得意なの。うわぁ、海の水がほんとに綺麗だねぇ」

数メートル先の浅瀬の底が見えるほど、海水は澄んでいる。

孝道は相槌《あいづち》を打ちながら、しかしその目は仲枝の水着姿に釘付けになっていた。肉感的なぽっちゃりボディは相変わらずだ。二の腕が、お腹が、そしてムッチリとして今にも弾けそうな太腿が、太陽の下に惜しげもなく晒されている。

男の性欲を煽り立てる巨乳は、色鮮やかな花柄ビキニに包まれていた。

いや、Hカップの膨らみを包むには、その小さな三角では力不足といわざるを得なかった。肉房の七割ほどはカップの外にはみ出していて、なんとも危うい。彼女は泳ぐ気満々だが、ちょっと大きめの波を受けただけで、すぐにポロリとこぼれてしまいそうである。

「あ――どう？　私の水着、変じゃない？」

ボトムスにはスカートのようなひらひらがついていた。伸枝はくるりと一回転してみせる。髪の毛のポニーテールと一緒に、スカート状のものがふわりと浮き上がり、内側のビキニショーツが露出する。

恥丘の盛り上がりが妙に印象的だった。見えたのはほんの一瞬だったが、ぷっくりとした土手の膨らみが、瞳の奥に焼きついた。

「……孝くん？」

「え……あ、へ、変じゃないです。とっても似合ってますよ」

ショーツにくっきりと浮き出た丸み。前からあんなに膨らんでいただろうか？

彼女の裸を思い返そうとする。と、淫らな記憶が陰茎に充血を誘った。

(うっ……ま、まずい)

サーフパンツで勃起などすれば、すぐにばれてしまうだろう。慌てて顔を逸らし、静かに寄せる波へジャブジャブと踏み込んでいった。「さ、さあ、泳ぎましょう」

足下は急に深くなり、すぐに腰まで海で隠れる。伸枝も後に続き、海水の冷たさを無邪気に喜んだ。

「あぁ、気持ちいい。やっぱり暑い日に泳ぐのって最高ね。ね、孝くん、入り江の端まで競争しよう」

身体が冷やされることで、股間の充血も止まった。孝道はほっとして、先に泳ぎだした仲枝をクロールで追いかける。

仲枝は平泳ぎだ。激しい泳ぎ方だと水着がずれてしまうからかもしれない。それでも泳ぎが得意だと言っていただけあって、なかなか追いつけなかった。

わずかに孝道がリードしたところで、入り江の片隅まで泳ぎ切る。そこは岩や石の多い磯となっており、岩壁がそびえる崖がずっと続いていた。

その崖の一箇所に、大人が三人ほど並んでも余裕で入れそうな、大きな洞穴が空いていた。仲枝が言った。

「波で削られて出来た穴かなぁ。海蝕洞っていうんだっけ」

「へぇ……なんだかワクワクしますね。入っても大丈夫でしょうか？」

「アリスさんから特に注意もなかったし、いいんじゃない？」

洞窟探検の気分で、二人は暗がりの中に足を踏み入れた。

しかし、洞穴は四、五メートルほどで呆気なく行き止まりとなった。目を凝らしても、興味を引くようなものはなにも見当たらない。本当にただの横穴だ。なぁんだと孝道は拍子抜けする。

「戻りましょうか……うわっ」

と、急に伸枝が後ろから抱きついてきた。両腕を孝道の胴に回し、ぴったりと身を寄せてくる。耳元にまとわりつく熱い吐息――

「ねぇ孝くん、さっき私の水着姿を見て、ちょっとだけ勃起してたでしょう？」

「えっ……あ、あの……」

どうやら、ばれていたようだ。恥ずかしさに顔が火照る。

観念して、すみませんと謝った。

「うふふっ、別にいいよ。興奮してもらえた方が私も嬉しいし」

洞穴の中に影のように、伸枝の手の動く様子がぼんやりと浮かび上がる。

妖しく蠢いては、孝道の胸板を音もなく撫でさすっていた。くすぐったくて、気持ちいい。

「ただ、凄いなって思ったの。怜ちゃんとエッチしたばかりなのに、相変わらずの元気なオチ×ポだね。さすが、若いねぇ」

孝道はギョッとした。「エ、エッチしたって……怜さんから聞いたんですか？」

「ううん……でも、さっきリビングに下りてきた怜ちゃんを見て、すぐに気づいたよ。

イヤらしいことをしたばかりの顔だって。長い付き合いだからねぇ」

背中に当たるボリューミーな肉の膨らみ。それがムニュムニュと擦りつけられる。

伸枝の指が、弄ぶように乳首を弾いた。甘い掻痒感に、孝道はウッと呻く。

「敦子さんは、孝くんが慰安旅行中だって言ってたけど、孝くんはいつもと同じように怜ちゃんとセックスして——そうそう、アリスさんとも車の中でしていたよねぇ。私だけ仲間外れなんてずるくない？」

「い、いや、怜さんとは……」

セックスをしたわけではない。が、そんな言い訳をしてもしょうがないだろう。それに孝道だって、伸枝のムッチリボディに欲情していたのだ。今やサーフパンツの中では、七分勃ちのイチモツが静かに脈打ち、さらに充血を続けている。

「わ、わかりました」

「私ともしてくれる？　うふふっ、やったぁ」

喜びの声を上げるや、伸枝は後ろから抱きついたまま、器用にサーフパンツの紐をほどいてしまった。ズルリとずり下ろされるサーフパンツ。彼女の両手で優しく包み込まれたペニスは、瞬く間に力感をみなぎらせて鎌首をもたげる。

「あぁん、このオチ×ポ……この大きさ、硬さ、久しぶりぃ」

仲枝の手が、こうして孝道の肉棒に触れるのは、彼女の別荘でヌードモデルをしたとき以来だ。肉棒を握り、愛おしげに擦りながら、彼女は言った。

「あれからすぐに夫の仕事が一区切りついたの」

数年かけて開発したゲームが、ようやく完成したのだそうだ。

ディレクターであり社長でもある仲枝の夫は、激務から解放され、会社に泊まり込むこともなくなった。それからしばらくは、数年分の溜めた精子を出し尽くす勢いで、毎晩の如く妻の身体に嵌め狂ったらしい。

「おかげで私も欲求不満になる暇がなかったんだけど……でも、夫のオチ×ポじゃ、心から満足できなくなっちゃったっていうか」

怜ほどではないが、仲枝もこのデカマラの虜になってしまったのだそうだ。

「だから今回の旅行は凄く楽しみだったの。同じ場所で寝泊まりするんだから、きっとまた孝くんのオチ×ポで嵌めてもらえるって。ね、これはお仕事じゃないんだから、孝くんのしたいことをしていいよ」

「僕のしたいこと……ですか？」

「うん、なにかない？　女の人にオシッコをぶっかけてみたいとか、首絞めセックスしてみたいとか」

「く、首締めって……いいですよ、そんなこと」

興味がまったくないわけではないが、さすがにそこまでアブノーマルなプレイをする度胸はなかった。

「そう？　ふふっ、そういうところが孝くんの可愛いところだよねぇ」

冗談だったのか、からかわれたのか、仲枝は悪戯っぽく笑う。背後からの抱擁が解かれる。

仲枝は岩壁に手をつき、安産型の大きなヒップをぷりぷりと揺らして、おねだりをしてきた。孝くん、脱がせてぇ——と。

孝道は、足首に絡まっていたサーフパンツを脱ぎ捨てる。ドキドキと鼓動を速めながら、仲枝の水着のスカートをめくり上げた。なんだか痴漢プレイのようである。双臀の谷間にさりげなく目をやると、やはり恥丘の膨らみが気になった。

ビキニショーツは両サイドの紐で留められていたので、右側、左側と、結び目をほどく。海水を吸った結び目に少し手こずるが、やがて女の股間が露わになった。

アッと孝道は目を見張る。

前と後ろの二つの穴、そのどちらにも淫具が嵌まり込んでいたのだ。

第六章　楽園と四人の淫婦

1

驚く孝道を見て、仲枝は実に満足そうだった。

「どっちの穴も、オモチャでよぉくほぐれているよ。好きな方に入れて」

肛門からは、金属の輪っかのついた紐がはみ出していた。女陰の方では、丸みを帯びた楕円《だえん》状のものが大陰唇を覆っている。盛りマンの正体はこれだったのだ。

ショッキングピンクのそれに触れると、静かに振動しているのがわかった。

「これ、バイブなんですか？　海の中に入ったのに、よく壊れてないですね」

「防水だからね」

少し引っ張ってみると、膣路に埋まっていた部分がヌルリと現れ、その形状が判明した。それはいわばキノコのような形をしたバイブだった。キノコの軸が挿入部で、傘の部分は外陰部を、主にクリトリスを刺激する。

ドロドロの汁まみれになった挿入部には、波打つような凹凸が刻まれていた。女を悦ばせるための細工だ。こんなものを入れたままさっきは泳いでいたのかと、孝道は呆れつつも興奮する。

「なんで、こんなものを入れてたんです？」

「海で泳ごうと水着に着替えていたら、先に孝くんがコテージから出ていくのが部屋から見えたの。それでチャンスだと思って……」

こんなこともあろうかと、家からアダルトグッズを持ってきていたという。それを大急ぎで装着したのだそうだ。

「僕を興奮させるために、ですか。仲枝さんって、本当にエッチですよね」

静音仕様のバイブをゆっくりと出し入れする。凹凸がGスポットを擦って、仲枝は腰を戦慄かせた。ムッチリした太腿がプルプルと震えた。

「あ、あうぅん……そうだよ、私、エッチなこと大好きなのぉ……ねぇ、どっちの穴にする？　早くぅ」

仲枝がまた尻を振る。さっきよりも焦れったそうに。

孝道は、二つの淫穴を交互に見比べた。そして抜きかけのバイブを再び根元まで押し戻す。ヒィンと悲鳴を上げる仲枝。

(やっぱり仲枝さんといったら、こっちの穴だよな)

女蜜で蕩け切った膣穴にも心を引かれるが、孝道は彼女のアナルの気持ち良さを思い出していた。普通のセックスとは趣の異なる、肛交ならではのあの嵌め心地——。

金属の輪っかに指をひっかけ、引っ張った。輪っかに繋がる紐がピンと張る。案の定それはアナルビーズの紐で、力を込めて引っ張ると、菊門が大きく広がり、直径三センチほどの真珠色の球体がヌポッと飛び出した。

「はぅんッ」

続けて引っ張る。ヌポッ、ヌポッと、芋蔓式《いもづる》に球体が肛門を潜り抜ける。

つやつやと光るそれはなにかの卵のようにも見えた。淫らな産卵ショーだ。一つ産み出されるたびに女体が痙攣する。

孝道は、曇りなきオフホワイトの球体をまじまじと眺めた。

「仲枝さんのお尻の穴の中って、いつも綺麗ですね」

前にアナルセックスをしたときも、肉棒は少しも汚れていなかった。

「……ふふっ、お尻の穴を綺麗にしておくのは、アナル好きのたしなみだからね。ここに着いてからも、トイレで奥まで洗ったんだよ」

　肛門を緩めて洗浄機の水流を当てると、直腸の内部まで水が入ってくるのだそうだ。水が溜まったら出す。それを数回繰り返せば、挿入しても汚物が付着することはまずないらしい。

「後はもちろん、腸の健康状態にも日頃から気をつけているんだよ。お腹壊してるときにアナルセックスなんてしたら大変なことになっちゃうから……ああんっ」

　数珠繋《じゅずつな》ぎになった五つの玉を、すべて抜き終わった。

　孝道は、まずは中指を軽く挿入してみる。アナルビーズのおかげで菊門はだいぶほぐれていた。それでも膣穴に比べればやはり硬い。

　しっかりとした弾力を感じながら、括約筋の裏側を指先で擦った。すると肛口が中指にギューッと食いついてくる。

「ふぎいい、そ、そこっ……お尻の穴の一番気持ちいいところおぉ」

「ここですか、なるほど」

　肉穴の縁に指先をひっかけ、引き抜く。何度も繰り返す。

　伸枝は爪先立ちになって、ガクガクと身悶えた。「ヒッ……イイッ……も、もう、充分だよぉ！　お願い、早くオチ×ポを、ちょ、ちょうだいッ！」

「いきなり入れちゃって、大丈夫ですか？」

この前のときは媚薬ゼリーをたっぷりと使った。しかし今は、準備のいい伸枝もさすがに用意していないという。潤滑剤なしに挿入しても問題ないだろうか？

「えっ……そ、そうだね、普通のサイズだったら平気だと思うけど、孝くんのは特にデカチ×ポだから……うん、じゃあ先にしゃぶってあげる」

伸枝は、大急ぎで肉棒に口淫を施した。パクッと咥え込み、舌を蠢かせて唾液を塗りつけてくる。口腔内の空気はじっとりと湿っており、そして舌はとても温かい。

ぬめらせるのが目的の行為だが、それでもやはりペニスの急所をねぶられると気持ち良くなった。さらに伸枝は、ダラダラと竿に垂れていく唾液を、掌でまんべんなく塗り広げる。天然ローションで根元をしごかれ、今度は孝道がたまらない気分となる。

「う、うっ……の、伸枝さんっ」

「んぽっ……うん、これでもう充分でしょう。さ、さ、早く入れてぇ」

再び伸枝は、大きな桃尻を突き出して孝道を促した。

肉棒はおびただしい唾液にまみれている。が、ふやけるどころかますます硬さを増し、洞穴の中で鈍く光っていた。さながら鈍器の如し。

牡の本能が高ぶり、ふくよかな女腰のラインを鷲づかみにすると、孝道は立ちバックで伸枝の肛門を貫いた。ズブズブッと一息に奥まで潜り込ませる。

「くううっ、は、入ってきたあぁ……！」

「ううっ」

途端に強烈な締めつけが襲ってきた。筋肉質な肉穴の縁が、若竿の根元にがっちりと食い込んできた。

そうそうこれだと、孝道は笑みを浮かべながら奥歯を噛む。まるで淫らな獣に食いつかれているみたいだった。

伸枝の呼吸に合わせて、肛門が一瞬力を緩めては、また収縮する。もぐもぐとペニスを咀嚼されているかのよう。これ以上締めつけられたら痛みが勝ってしまうであろう、ギリギリの愉悦。

「ど……どうですか、伸枝さん、大丈夫そうですか？」

「お、おおっ……お尻の穴が、すっごく広がっちゃってるうぅ……あ、あ、いやぁ、裂けちゃいそう」

などと言いながら、しかし伸枝の唸り声には明らかな悦びが混ざっていた。

ならば遠慮はいらないだろうと、孝道は抽送を始める。巨根を活かした大きなストロークで、抜いては差し、差しては抜く。

括約筋の裏側が泣きどころだと、先ほど教えてもらったばかりだ。肉棒を引き抜くとき、まさにその部分を擦り立てる。伸枝は息を呑み、全身を強張らせた。

「ふうっ……く、ウウッ……そ、その調子いぃ……教えてあげたこと、早速やってるね……んふっ」

「差し込むときはゆっくりと、抜くときは少し早めに……ですよね」

「うん、うん……そうっ、だよぉ……おおっ……やっぱり、孝くんとのアナルセックスが、アアッ……一番好きっ、気持ちいいよぉ！」

「ほんとですか？　嬉しいです」

一番と言われると、男として素直に気分が良かった。「じゃあ旦那さんとも、お尻の穴でしたりするんですか？」

「うん、するっ……けどっ……孝くんみたいに、デカチ×ポっ……じゃ、ない、から……ア、アウゥンッ」

肉棒が太ければ、それだけ肛門が押し広げられ、摩擦快感も高まるという。そして肉棒が長ければ長いほど、引き抜くときのストロークが大きくなる。アナルセックスの最も肉悦を得られる瞬間が長続きするのだ。

今や、肛悦に悶える伸枝の嬌声は洞穴中に反響していた。心癒やす穏やかな潮騒とのギャップに、淫靡な背徳感がいや増す。

そして孝道も射精感を高めていた。ギュウギュウと肉棒をくびられ、しごかれる感覚は、アリスのミミズ千匹や怜の俵締めにも負けぬ激悦だった。

「僕も伸枝さんのアナル、大好きですよ。それに――バイブも気持ちいいですし」

膣路に刺さっているバイブの振動が、薄い肉壁を通して、直腸内のペニスにも伝わってくるのだ。

「あはっ……うん、それ、うちの夫も……イイッ……言ってた、よおぉ」

前の依頼のとき、伸枝は膣穴と肛門への二穴責めで、失禁しながら失神するほどの絶頂感覚を体験した。それがすっかり癖になってしまったというのだ。

「じゃあ、もっと……気持ち良くしてあげるッ」

伸枝は片手を股間にやり、女陰に差さっているバイブに触れる。

と、振動が急に強くなった。手探りで操作したのだろう。ビリビリと痺れるような刺激がペニスの裏側を震わせた。

射精感は二次曲線的に上昇する。瞬く間に余裕がなくなる孝道。

「うわ、ああっ……こ、これ凄い……イッちゃいそうです！」

「いいよ、いつでもイッて！　この旅行中はっ……私たちで、孝くんを、いっぱい、いっぱい……おもてなひっ、するからアアッ」

今は仕事ではないのだからと、女を満足させることなど忘れて好きなときに射精してと、喘ぎ交じりに伸枝は言った。

とはいえ、クリトリスとGスポットへの刺激が強まったことで、彼女の方もかなり追い詰められたようだ。ブルブルと女体が戦慄き、狂おしく背筋をくねらせる。

ビキニの小さな三角では、上下に荒れ狂うHカップを押さえ込むことは到底不可能。孝道は両手を伸ばし、躍る肉房を後ろから鷲づかみにした。すでにはみ出していた乳首を指の間に挟み、湧き上がる衝動のままに揉みまくる。

「はぁん、オッパイ……ね、乳首、もっといじめちゃっていいよぉ……はひぃ、そう、そううっ、引っ張って、こねこねしてエェ！」

孝道は、もういつ果ててもいい覚悟で腰を振った。鈴口から先走り汁を垂れ流しつつ、肛門がめくれそうになるほどの猛ピストンで直腸を掘削する。肉と肉の摩擦熱は、今やペニスを焦がさんばかりだ。

「ぐっ、くううっ……じゃ、じゃあ、遠慮なく、イキますよ……！」

「うぅ、うんっ、ど、どうぞおぉ！　私も、も、イッちゃう、イクッ……あ、あぁっ、凄いの……く、来るウウウゥ！」

孝道は息を呑んだ。アクメ間際の肛門にギュギュウッと絞り込まれる。食いちぎられそうな締めつけに射精感は限界を超えた。

イクっ！　桃尻に腰を押しつけ、根元まで巨砲を埋め込む。熱い樹液を勢い良く噴き出した。

「んあぁ、いっぱい出てる！　す、すごっ……おほおぉ、私もイグッ……イッグウウウーッ!!」

直腸の深みにザーメン浣腸を受け、仲枝も肛悦を極めた。

身体中の柔らかな肉を震わせ、岩壁に爪を立てて、倒錯の二穴オルガスムスに狂う。

やがて射精を終えた孝道は、バイブの電源を切ってやり、ゆっくりと挿入を解いた。

仲枝は、四つん這いになってゼエゼエと喘ぐ。

激しい摩擦で赤く腫れ上がった肛門。

熱い腸内から抜き出したばかりの肉棒は、うっすらと湯気をまとっていた。

2

夕方になると、海岸の手前にある芝生でバーベキューが始まった。

まだまだ昼間の暑さは残っていて、全員、水着姿である。行きの車の中で予告していたとおり、アリスのビキニはとんでもなく過激だった。

トップスの三角形は異様に細長く、辛うじて乳輪が収まっている状態だ。圧巻のJカップ爆乳、その乳肉のほとんどがさらけ出されている。三角形を少しでも横にずらせば、すぐにパステルピンクが見えてしまうだろう。

ボトムスの方は、まるでふんどしのようで、熟れ尻の谷間にしっかりと食い込んでいた。布面積はやはり狭く、恥毛をすべて剃り落とした理由も頷ける。

怜は無言で呆れていた。一方、伸枝は、破廉恥すぎる水着姿にテンションを上げ、カメラを持って寄っていった。「写真撮らせていただいていいですかぁ？」

怜の水着は、スポーティなタンキニ。まるでビーチバレー選手のようだ。健康的なデザインがスレンダーな身体に良く似合っていた。ちなみに――伸枝は先ほどと同じ花柄のビキニである。

方向性に差はあれど、やはり水着姿の女性は華やかだ。しかも、どれだけ眺めても、三人の女たちは怒らない。それどころか見られたがっている。孝道の視線が自分の胸元や下腹部に向いているのがわかると、女たちは嬉しそうに頬を緩めた。ビールやワインで仄かに色づいた頬のなんと色っぽいことか。

（ああ……こんなに幸せでいいんだろうか）

茜色《あかね》に染まり始めた西の空。薫《かお》る潮風と、ささやかに鼓膜を震わす波の調べ。世界に自分たち以外誰もいなくなったと思えるようなこの場所で、艶《あで》やかな女たちに囲まれて――

（まるで天国にいるみたいだ）

ただ、さすがに上司である敦子の水着をジロジロ見るのは気が引けた。敦子の水着はホルターネックのワンピース。露出度は他の三人よりも遙かにおとなしめなデザインだ。

いくら慰安旅行中とはいえ、敦子にとって、アリスたちは夫の店の顧客でもある。しかも、ここにいる女たちの中では一番の年下だ。気を遣って、わざと目立たない水着を選んだのかもしれない。

ただ、いかに地味な水着でも、彼女の元々のスタイルの良さは隠せていなかった。丸々と膨らんだFカップの麗乳を始め、瑞々しく張り詰めた尻や太腿。それとは逆に小気味良くくびれたウエスト、足首など。

きっとジムなどで日々エクササイズに励んでいるのだろう。磨き抜かれた女体は今日もまぶしいほどに美しい。孝道はうつむき加減に近寄って、彼女に話しかけた。

「あ……あの、なにか手伝いましょうか？」

「ありがとう。でも大丈夫よ。さぁ遠慮しないで、もっと食べて、食べて」

敦子は、グリルスタンドの前でトングを握り、調理を一手に引き受けていた。焼きたての肉と野菜の串を、半ば強引に持たせてくる。

網の横では鉄板がジュウジュウと音を立てていた。焼かれているのはホタテやサザエ、イカ、アワビなど。海の幸の芳《こう》ばしい香りが食欲をそそる。この後、なんと伊勢エビまで焼くそうである。

今まで食べたことのないような美味しさに舌が蕩けた。孝道の大学の学食は、安くて美味しいメニューが揃っているが、あのラーメンも、チャーハンも、カツ丼も、もう以前と同じようには味わえないかもしれない。

自分の人生にこんな体験があるなんて、数か月前までは想像もしなかった。

「……僕、今、凄く幸せです。ありがとうございます」

「やだ、どうしちゃったの急に」

トングを持つ手を止め、敦子は苦笑を浮かべる。「お礼なんていいのよ。君が夏休みの間は、これまで以上に頑張ってもらうつもりだから、覚悟しておいて」

だから今は思いっ切り楽しんで、英気を養ってちょうだい。そう付け加え、茶目っぽくウインクをする。

「わかりました。でも、おかげで学費が稼げて、借金も返せるんですから――海堂さんには本当に感謝しています」

と、いつの間にかそばに来ていた仲枝が、

「え、なになに、孝くん、借金してるの？　やだ、まだ若いのに」

好奇心を丸出しにして尋ねてきた。パパラッチの如くカメラを構え、グイグイと寄ってくる。「もしや、お金のかかる彼女でもいるとか？　貢《みつ》がされちゃってる？」

それを聞きつけるや、アリスと怜が揃って顔色を変えた。

「はぁ？　か……彼女ぉ!?」

「た、孝道くん、悪い女にひっかかってるのっ？」

瞬く間に、三人の女たちに囲まれる。アルコールが入っているせいか、三人ともいつも以上に押しが強い。右からアリス、左から怜、爆乳と美乳が今にも肩に押しつけられそうな勢いで迫ってくる。

一見嬉しい状況だが、とても喜んではいられなかった。孝道はタジタジになりながら弁解する。

「ち、違います、彼女なんていませんっ。借金は、僕の父さんが残したもので」

こうなってはちゃんと説明するしかない。孝道は、家に一千万の借金があることや、そのせいで家計が苦しいことなどを話した。

母と二人で細々と暮らしていたこと。バイト先のコンビニが潰れ、お金に困っていたときに敦子と出会ったこと。そして今の仕事を始めたこと――。

すべてを聞き終えてから、怜がしんみりと呟いた。

「……そうだったんだ。苦労してるんだね」

楽しかった空気がすっかり湿っぽくなってしまった。特にアリスと怜は、昔からの富裕層だったせいか、身近な人間の貧乏話に耐性がなかったようである。かなりのショックを受けているようだった。

孝道は精一杯笑ってみせ、なんとか取り繕《つくろ》おうとする。

だが、アリスは苛立っているかのように声を荒げた。どうして今まで話してくれなかったの！　とまくし立てる。

「言ってくれれば、いつでも力になったのに！　私が、孝道のおうちの借金を肩代わりしてあげる！」

「ええっ……い、いや、それはさすがに……気持ちは嬉しいですけど」

いくらなんでも額が額だ。あるいはアリスに対してなんの思い入れもなければ、これ幸いとお願いしていたかもしれない。しかし、ただの金蔓《かねづる》として彼女を利用することは、孝道にはできなかった。

それでもアリスは食い下がる。孝道は、敦子に助けを求めようと思った。すると、その前に怜が割り込んできた。

「五条さん、孝道くんは、ただで施しを受けることを良しとするような、プライドの低い子じゃないんですよ」

「なっ……わ、私は別に、そんなつもりじゃ……！」

正面から睨み合うアリスと怜。孝道は別にプライドの問題で断ったわけではないのだが、訂正の言葉など入れられないくらい、二人は目と目で火花を散らしていた。

そんな一触即発の状態で、孝道くん、孝道くん——と、敦子が囁いてくる。

アウトドア用の折りたたみ式テーブルをそっと指差す。その上には、ワインの瓶が置かれていた。孝道はピンとくる。

「あ……アリスさんも、怜さんも、僕のことを真剣に考えてくれて、とっても嬉しいです。でも、その話はまた今度に……さ、さ」

急いで瓶を取ってきて、まずはアリスのグラスに白ワインを注ぐ。それから、クーラーボックスの中で冷えていた缶ビールを、素早く怜に手渡した。酒の力で誤魔化すのだ。

「皆さんのおかげで、借金返済のためのお金は着実に貯まっています。特にアリスさんと怜さんには本当に感謝しています」

これからもよろしくお願いしますね——と、顔いっぱいに全力の笑みをたたえた。

「ん、まあ……孝道がそう言うなら」

「うん、こちらこそよろしくね。アタシの創作活動のためにも」

二人とも、戦意を失ったように目を逸らす。

それを見計らって、敦子が鉄板に伊勢エビを投入した。丸ごと焼かれる伊勢エビの迫力が、皆を湧かせ、気まずい空気を追い払ってくれる。

孝道はほっと一息ついた。和やかな楽園ムードがまた戻ってきた。

熱々の伊勢エビに舌鼓《したつづみ》を打ちながら、伸枝が言った。「そういえば、敦子ちゃんは全然飲んでないよねぇ。お酒飲めないの？」

「いえ、そういうわけでは……飲むのは好きなんですけれど」

ただ、少々酒癖が良くないのだそうだ。羽目を外して周りに迷惑をかけてしまうことも少なくないという。

「私は酔っている間の記憶が飛んでいて、なにをしたのかわからないんです。けど、夫や友達からは、〝飲むなら家にいるときだけにしろ〟と……」

「えー、酔っ払った敦子ちゃん、どうなっちゃうの？　気になるぅ」

仲枝は俄然興味を引かれたようで、敦子に酒を強く勧めた。なにをやらかしても絶対に怒ったりしないからと、旅の恥はかき捨てだよと。

アリスと怜も賛同した。飲めるんだったら飲んだらいいじゃない。私たち以外には誰もいないんだから遠慮することないわよ。無礼講、無礼講――。

そこまで言ってもらっては、敦子も断れない。「それじゃあ……」と、缶ビールを開ける。よく冷えた黄金色の液体を喉に流し込んだ。

グビリ……グビリ……グビッ、グビッ、グビッ……ぶはーっ。

一缶開けたら、続けて次の一缶へ。一度ついた勢いはもう止まらなかった。

あっという間に空き缶が三つになる。敦子はワインにも手を出した。手酌でゴクゴクと飲み、一息でグラスを空にする。まるでジュースを飲んでいるみたいだ。

予想外の飲みっぷりに言葉を失うアリスと怜。仲枝は凄い凄いと歓声を送り、グラスをあおる敦子にカメラのレンズを向ける。孝道はさすがに心配になった。

「だ、大丈夫ですか、海堂さん……そんなにガブガブと」

「海堂、さん……？」

勢い良く振り向いて、敦子が睨んでくる。その目は完全に据わっていた。

「なんで私だけ名字なの？　敦子って呼びなさい。命令よッ」

「ええっ……は、はい、敦子さん」

うんうんと、敦子は満足そうに目を細める。

それから若干怪しい足取りで近づいてきた。顔中が真っ赤で、完全に酔っ払いの顔である。目の前まで来ると、次の瞬間、倒れ込むように抱きついてきた。

「うわっ、あ、敦子さん!?」

敦子は、手にしていたグラスを地面に落とし、孝道の頭をギューッと抱え込む。孝道の顔面が双乳の間に押しつけられる。

「いつもありがとうね、孝道くん。私の方こそ、本当に感謝しているのよ」

なんでも敦子の夫の会社に、このところ新規の顧客が増えているのだそうだ。セレブの口コミで孝道の噂を聞いたマダムが、〝うちの夫に、お宅のところで車を買わせるから、私にもその子を紹介してほしい〟と、敦子に打診してくるらしい。

「うふっ、ふふっ、君を採用した私の目に狂いはなかったわぁ」

よしよしと頭を撫でられる。酒気を帯びた甘い吐息が、谷間に挟まれた孝道の顔を覆った。匂いだけでこちらまで酔っ払いそうだ。クラクラする。

と、敦子は突然抱擁を解いた。「あぁ、海が綺麗。孝道くん、ほら、海がとっても綺麗よ。夕日を反射してキラキラしてるっ」

言うが早いか、波打ち際に向かって駆けていった。

足首を波に洗われ、立ち止まる。敦子は口元の左右に掌を当て、水平線に向かって力一杯叫んだ。

「ヤッホォーッ！」

今度は耳元に掌をあてがい、じっと待つ。

当然ながら、いくら待ってもなにも起こらない。穏やかな潮風の音、砂浜に溶けていく白波の音しか聞こえない。

呆気に取られながら、孝道は心の中で呟いた。

ヤッホーは、山です——。

他の女たちも驚きに顔を引き攣らせている。伸枝ですら、ぽかんと大口を開けていた。酒癖が悪いとは自ら言っていたが、あの敦子が、ここまで変わるものかと。

だが、彼女の酒乱は、ここからさらに孝道たちの度肝を抜いた。

首の後ろの、ホルターネックの結び目をほどき、敦子は躊躇うことなくワンピースの水着をずり下ろす。一瞬のうちに両脚とも引き抜き、海に向かって全裸を晒した。

「えっ……ちょ、ちょっと、敦子さん……!?」

それから敦子は、ジャブジャブと膝まで海に浸《つ》かり、「えーい」と叫んで、水着を波の向こうに投げ込んでしまった。

意気揚々と孝道たちの元に戻ってくる。乳房を揺らし、股間の恥毛を露わにして。

「私、実は裸になるのが大好きなんです。ああ、この解放感！」

高らかに宣言され、唖然とするしかなかった。アリスと怜も同様。伸枝だけは若干の平常心を取り戻し、あたふたとオールヌードの女体にカメラのレンズを向ける。

「敦子ちゃん、すっごく綺麗……絵になるよ……」

夕日のオレンジ色に染まったその裸体は、確かに美しかった。まるで名画と呼ばれる芸術作品のようだ。

乳丘の頂上に息づく突起が、タプタプと揺れる肉房に合わせて上下している。

艶めかしく膨らんだ下腹部の土手、楚々と茂る陰毛の一本一本——

官能的だが卑猥ではない。純粋なる美とエロティシズムが見事に調和していた。

思わず見とれていると、敦子が近づいてきた。孝道のすぐ目の前まで来る。

一瞬の早業でサーフパンツの紐をほどかれ、アッと思ったときには、サーフパンツを足首までずり下ろされていた。

「気持ちいいから孝道くんも脱いでみて、ね？」

「ちょっ……ぬ、脱がす前に言ってください！」

早くも半勃ちになっていたペニスを慌てて隠そうとする。だが、その手は、敦子によって制止されてしまった。

「隠しちゃ駄目よっ。さぁ孝道くん、今どんな感じ？」

「ど、どんなって……」敦子に両手首を握られたまま、孝道は答える。

「こんなの……落ち着かないし……も、物凄く、不安です」

風呂場でもない場所で、囲うものなどないまったくの野外で、己の性器をさらけ出しているのだ。心に染みついたモラルと常識が大混乱している。

「こんなものが一枚なくなっただけで全然違うでしょう？」

足から抜き取ったサーフパンツを放り投げ、敦子はにんまりと笑みを浮かべた。

「つまりは、それだけ大きなものから解放されたということなのよ。——どうですか、皆さんも、さあっ」

最初に追従したのは、やはり伸枝だった。ビキニを脱ぎ捨て、肉感的なぽっちゃりボディを一糸まとわぬ状態にする。

「あぁ、これは……確かに悪くないかも」伸枝は両腕を広げ、大きく深呼吸をした。

「ベタな表現だけど、まるで大自然と一体化したみたいな感じ。ねえ、怜ちゃんもやってみなよ」

「ア……アタシはいいよ。そんな趣味ないし」

「やってみないとわからないって。それに、ほら、芸術家なら、こういう体験もしておいた方がいいんじゃない？　こんなこと、もう二度とできないかもしれないよ？」

「う……で、でも……」

しばらく戸惑っていた怜だったが、しかし最終的には覚悟を決めて水着を脱いだ。芸術家としての血が騒いだのかもしれない。

こうなると残るはアリスだけ。せっかく一番過激なビキニを着ていたのに、今やこの五人の中でアリスが最も良識的な格好をしていた。

「な、なによぉ、あなたたち……わ、わかったわよ。私も脱ぐわっ」

自分だけ水着を着ているのが妙な気分になったのか、あるいは他の女たちへの対抗心からか、結局はアリスも裸になる。

「わぁ、やっぱりアソコの毛は剃って、ないんですね」

「ちょっ……と、撮らないでちょうだいっ」

「どうですか、藤田さん？」

「ああ……うん、凄いね、この解放感。確かにこれは、癖になっちゃうかも」

楽園のアダムとイブよろしく、全員が生まれたままの姿になってしまった。

（す、凄いことになったぞ）

もちろん孝道は無垢《むく》ではない。大自然に花咲く美女たちの裸体に、激しく淫気を高揚させる。インモラルな状況に興奮し、いつも以上に牡の本能がたぎっていた。

当然の結果として、ペニスはそそり勃《た》つ。

反り返って天を衝き、はち切れんばかりに幹を太くして、ボコボコと血管を浮き立たせている。

女たちの視線が集まってくる。官能を高ぶらせているのは孝道だけではないようだ。

真っ先に動いたのは、案の定、仲枝だった。

「あれあれ、うふふっ、こんなところに美味しそうなお肉の串が――」

舌でペロリと朱唇を舐める。孝道の前にひざまずき、若茎に向かって「いただきまーす」と口を開けた。

「ま、待ちなさい、あなたっ」

「そうだよ、仲枝、抜け駆けは許さないよ！」

アリスと怜も黙っていない。三人の手がペニスの争奪戦を始めた。握る、撫でる、しごく、邪魔し合う。

「孝道くん、誰を最初にするか、あなたが選びなさい」

この四人の中から――と、敦子は言った。いつの間にか新しい缶ビールを手にしていて、またグビリとあおる。

だが、孝道には選べなかった。誰かを選んで、それ以外の者たちをがっかりさせたくなかった。ああ、こんなとき、どうすればいいんだ？

すると伸枝が提案する。孝くんは優しいから選べないですよ、私たちで公平に勝負して決めましょう、と。その方法は、ジャンケンではなかった。

「オチ×ポ倒しをしましょう」

3

四人の女が輪になって孝道を囲む。時計回りに敦子、アリス、怜、伸枝。

一人につき三十秒の制限時間で順番にフェラチオしていく。射精させた女から時計回りの順にセックスするというルールである。

「なるほど」と、敦子は頷いた。「もし自分の次の人が射精させてしまったら、自分のセックスの順番は最後になってしまうわけですね」

イカせる確信が持てるまでは下手に攻められない――という駆け引きが生まれるのである。それがオチ×ポ倒しだった。

艶女たちによって、次々とペニスをしゃぶられるのだ。なんという贅沢な体験だろう。孝道は、四人の口技をじっくりと堪能《たんのう》する。唇の感触だけでなく、しゃぶる音もそれぞれに違った。

一番巧みなのは怜だった。海外の男に仕込まれたというテクニックは、この中でも群を抜いていた。規則正しいリズムで首を振り、舌は一瞬の隙もなく肉棒の急所をねぶり続ける。ときには浅く咥えて、唇の摩擦を雁首に集中させる。

その次に上手なのは敦子だった。プロ級とまではいかないが、人妻らしく、男のモノをしゃぶり慣れていた。彼女にしてもらうのは、映画館で初めて出会ったとき以来である。口淫の官能と共に、深い感慨が胸中を満たした。ああ、あのときは、あっという間にイカされてしまったっけ。

伸枝は好き者の本領を発揮し、実に美味しそうに肉棒を咥え込んだ。ぽっちゃりスタイルの彼女は唇も肉厚で、それが竿に隙間なく張りつき、締めつけ、しごき立てる。テクニックだけでは得られない愉悦だった。

そして、ぽっちゃりといえば巨乳。そちらの武器も彼女は駆使する。

「ずるいよ、伸枝！　胸を使うのは反則でしょ!?」

「パイズリしちゃ駄目なんてルールなかったもーん」

柔らかさの中に確かな弾力を秘めた乳肉で挟まれ、唾液まみれの肉棒がヌチュヌチュと擦られる。谷間からはみ出した亀頭がチロチロと舌でくすぐられる。だがこれは怜からの猛抗議を受けて禁止となった。

怜、伸枝、敦子の順番で若茎を責め立てられ、そしてアリスの朱唇で少し落ち着く。アリスの口淫は決して下手ではなかったが、数か月前にフェラチオ処女を捨てたばかりだけあって経験不足は否《いな》めなかった。舌の使い方がまだ少したどたどしい。

ただ、フランス出身の白人女性であるアリスは、まるでハリウッド女優のような、この中で最もセレブらしい見た目の美女である。真っ白な肌、夕日に映えるブロンドヘア、瞳は青く、眉毛やまつげは黒よりも茶色に近い。そんな彼女に男性器を咥えさせているという図は、日本男児としてたまらなく興奮するものがあった。

そしてまた怜の超絶技巧へと続く。本日はすでに三回射精しているが、それがなかったら二周目で終わっていたかもしれない。そして、三周目の怜によって射精感はかなり押し上げられた。

続く伸枝は、聡《さと》くもそれを感じ取ったようだ。勝負に出た。猛烈に首を振り立て、肉棒をしゃぶり倒した。チュバチュバ、チュブブブッと派手な淫音が鳴り響く。

（うう……で、出そうだ！）

しかし、限界まで我慢するようにと、事前に言われている。歯を食い縛り、尻の穴を締め上げ、必死に射精感を抑え込んだ。額から噴き出る汗を手で拭い、敦子から借りた腕時計で時間を計る。あと十秒、五秒——

「じ……時間ですッ」

だが伸枝は首振りを止めない。夢中になって孝道の声が聞こえていないのか、あるいは聞こえていないふりか。バッサバッサと跳ねるポニーテール。孝道の前立腺は今にも決壊しそうだった。

「駄目ですよ、荒木さん！　交代してください！」

業《ごう》を煮やした敦子が、力尽くで伸枝の身体を押しのける。やっと解放された肉棒をギュッと握り、大急ぎで自分の方へ向かせようとする。

「ああっ!?　う、おおおおッ！」

その一握りがとどめとなって、孝道は盛大にほとばしらせた。ザーメンが真っ直ぐな線を引いて飛び、液弾となって敦子の顔面に撃ち込まれる。一発、二発、三発と。

尿道を駆け抜ける熱い感触。ビクッビクッと痙攣する腰が止められない。

「あ、あぁん、もう……」

敦子は眉をひそめるが、それでも己の美貌に白濁液を受け続けた。口元に垂れてきたものを、ぺろり、ぺろりと舌を伸ばして舐め取る。

「やった、敦子ちゃん、まだ咥えてない！　私の勝ちィ！」

尻餅をついた格好で、伸枝が喜びの声を上げた。事前に決めたルールでは〝ペニスを口内に含んでからが、その人の番〟という判定なのである。つまり孝道が射精したとき、最後に咥えていた人が勝者となるのだ。が、
目尻を吊り上げて怜が怒鳴る。「そんなわけないでしょ！　アンタ、制限時間を守らなかったんだから、駄目、失格！」

敦子とアリスもこれに同意した。協議の結果、セックス待ちの順番は伸枝が最後となる。そして孝道の最初の相手は敦子となった。伸枝が時間どおりに交代していれば、その次の敦子の番で、まず間違いなく孝道は射精していただろうとの判断だ。

ザーメンまみれの顔を拭こうともせず、敦子は鈴口に唇を当て、尿道に溜まった残り汁をチュウチュウと吸い立てた。丹念に根元から幹をしごき、一滴残らず搾り取る。

「ごくっ……ん……もういいわね。オチ×ポも、すっかりカチカチだし」

にっこり微笑むと、敦子は足下の芝生に腰を下ろし、仰向《あおむ》けで寝っ転がった。膝を立て、M字に広げ、満開の牝花で孝道を促す。

今すぐちょうだいと、前戯なんて必要ないからと。

女陰は溢れんばかりの蜜をたたえていた。大振りのラビアが濡れ光り、割れ目からはしたなくはみ出している。

「わぁ、凄い。エッチなオマ×コ」仲枝は何度もカメラのシャッターを切った。失格を言い渡されて落ち込んでいたはずだが、早くも立ち直ったようである。

「もうグチョグチョだね。敦子ちゃんってば、孝くんのオチ×ポをしゃぶって、こんなに濡れちゃったの？」

「ええ……それに精液の匂いも、とってもイヤらしくて」

顔中を牡のエキスの青臭さで包まれ、女体は完全に発情してしまったそうだ。

女陰の淫らすぎる有様に孝道もたまらなくなり、敦子の股の間に膝をついた。ペニスの付け根を握り、ズブリと膣穴に潜らせる。もったいぶっている余裕はなかった。

中の膣肉も多量の蜜に潤い、トロトロに蕩け、火照《ほて》っていたが、なんといっても膣圧だ。万力の如き締めつけが肉棒を襲う。そうだった、これが敦子さんのアソコだ！

仲枝のアナルに匹敵しそうな力強さで、ギュウギュウと幹に食い込んでくる膣口。

硬く締まってゴムのようだ。それでいて適度な柔軟性もあり、雁首に絶妙な圧迫快感をもたらす。

「あ、うう……やっぱり敦子さんのアソコは……す、凄く気持ちいいです！」

筆下ろしをしてもらってからずいぶんと経験を積んだが、敦子ほどの膣圧の持ち主はいなかった。震える腰に気合いを入れて、孝道は抽送を始めた。

「ああっ、う、嬉しいわ……普段から、頑張って鍛えてるのよ」

スポーツジムで全身のエクササイズに励む傍《かたわ》ら、骨盤底筋も鍛えて膣圧アップに努めているという。他にも膣トレ専用のボールを膣内に仕込んだまま家事をこなしたり、買い物にも出かけたりするそうだ。

「けど、君のオチ×ポも……く、くうっ、この形が、本当に……ひいっ！」

喉を晒して戦慄く敦子。孝道は、ペニスの反りを活かして、膣路の天井を亀頭で擦った。初めて会ったあの日、彼女から教わったGスポット責めだ。

少しずつストロークを深くして、やがて肉棒の先が膣底に至る。腰を、恥骨を叩きつけ、クリトリスとポルチオを同時に打ち据える。

「くおんっ！　お……おぉおっ……それ、もっとぉ」

「はっ……はいッ」

苛烈な締めつけで、膣壁が下ろし金のようにペニスを擦り立ててきた。襞の一枚一枚が亀頭をゴシゴシと磨き上げる。雁首のくびれの奥にまで、襞は食い込んできた。

激悦に耐えながら孝道は腰を振り続けた。ときには押しつけた恥骨でクリトリスをすり潰した。子宮の入り口を、肉刀の切っ先でグリグリと抉った。

「んほっ……オオオッ！　い、いいわぁ……孝道くんが、こんなに上手になっていたなんて……あ、ンンッ」

「ぼ……僕……そんなに上手く、なりましたか？」

敦子は濡れた瞳でじっと見つめてくる。「え、ええ……初めてのときとは、比べものにならないくらい……うふふっ、お、驚いちゃった」

みんなが夢中になるわけね――と付け加え、我が子の成長を喜ぶ母親のように微笑んだ。孝道は嬉しくなり、ますますピストン運動を加速させる。

大自然の中で、全裸で、セックスに励んでいると、まるで獣になったみたいな気分だった。アリスたちに見られているのも異様な興奮を煽る。仲枝のカメラのレンズがずっと孝道たちを捉えていた。

「あ、あっ……すご、すごおっ……奥に、ズンズンくる、響くウゥ！　も、もう、ダメェ……もう、イッちゃいそうよぉ！」

悩ましく首を振り乱す敦子。ピストンの振動でゴム鞠のように弾み続ける乳房。

孝道は身を乗り出し、躍動する乳首をパクッと咥える。しゃぶりつく。

充血した乳首はコリコリとした感触で、先ほど食べたばかりのアワビを思わせた。

前歯で甘噛みし、さらに敦子を悶えさせる。もう片方の乳房は、鷲づかみで揉みくちゃにした。掌を弾き返す見事な弾力。実に心地良い。

「ああっ……か、海堂さん、まだなのぉ？　早く終わって。次は私なんだからぁ」

クネクネと身をよじるアリス。たまらなそうに内腿を擦り合わせている。

おそらく他人のセックスを見るのは初めてだろう。寝取られ的な興奮も込み上げているかもしれない。

「す……すみません、五条さん……も……もう……イキますからッ」

敦子の呼吸は激しく乱れていた。汗だくの女体がさざ波の如く震えだす。

「う、うっ……あぁ……た、孝道くん……頑張って！　早く、私を……イカせ……なさいッ！」

「ううっ……は、はいッ」

全力の嵌め腰で、パンッパンッパンッパンッと乾いた打擲音を響かせた。蜂蜜の瓶を掻き混ぜているような、荒々しく卑猥な音も、結合部から盛大に漏れ出す。

「あっ……ああ、そうよっ……来た、来たっ……い、いぃ、イイイィ……ッ！」

食い縛った歯の隙間から呻き声を漏らし、敦子は仰向けのまま背中を反らせていく。じり、じり――と。

最後にひときわ大きくのけ反り、女体が跳ねた。

敦子の腕が孝道の頭を掻き抱き、美脚はバネ仕掛けの如く孝道の腰に絡みつく。

「イイック！　イッグゥウウウーッ!!」

断末魔の膣圧がペニスを締め上げた。射精感が沸騰《ふっとう》する。

彼女はもうアクメを得たのだから、孝道が果ててしまっても問題ないはずである。

だが、脳裏にかつての記憶が蘇る。初めてのセックス、敦子が童貞を卒業させてくれたときのことがフラッシュバックする。

孝道は慌てて肛門に力を込めた。あのとき――敦子さんは、続けて二回イッたんだっけ。今の僕が、あれからたくさんの経験を積んだ僕が、あのときより劣るセックスをするわけにはいかないじゃないか。

呼吸を整え、しばらく待つ。

敦子の四肢から力が抜け、孝道の身体からずるりとほどけた。オルガスムスが峠を越えたのだろう。三百メートルほどの距離を全力疾走したみたいな、かすれた熱い吐息が艶めかしい。

「僕がイクまでは終わりじゃない。まだ敦子さんの番ですよね……」

「……え……な、なに……あ、ヒャウッ!?」

ぐったりと弛緩《しかん》していた女体に、孝道は再びピストンを叩き込んだ。容赦のない抽送で、アクメの熱が未だ冷めやらぬ肉壺を責め立てる。

敦子は目を白黒させ、震える声を絞り出した。「アアッ……た、孝道くん……わたっ、わたひは、もういいからっ……んほっ……ンォウッ！」

「そ、そうよぉ、孝道、次は私の番なんだからぁ！」

不満の声を上げるアリスに、孝道は腰を振りながらごめんなさいと謝る。

「でもっ……今の僕があるのは、全部、敦子さんのおかげなんです。だから、もう少しだけ、続けさせてくださいっ」

借金返済の希望が見え、美しい女たちとのセックスに満ちた日々。旅行にも連れていってもらえて、美味しいものも食べられて——。大変な思いをすることもあるが、今の自分は間違いなく幸せだ。

それはあの日、敦子が自分を採用してくれたからだ。感謝の言葉だけではとても足りない。思いを込めて、肉棒を送り込む。双乳を両手で揉みまくる。

「ふひぃいっ……イッたばかり、なのに……また、イッぢゃう、ウウーッ！」

随喜の涙を溢れさせ、苦悶のアヘ顔に美貌を歪め、敦子は狂おしく身をよじった。身体中を戦慄かせた。

「わかったよ、孝くん」

カメラを置いて、仲枝がそばに来る。身悶える敦子の横にしゃがむ。

「私たちが孝くんと出会えたのも、みんな敦子ちゃんのおかげだもんね。うん、オッパイは私たちに任せて。孝くんは腰振るのに集中して！」

仲枝は怜を強引に巻き込み、敦子の乳房を愛撫し始めた。女は、やはり女の身体をよく知っている。淀みない手つきで乳肉を揉みほぐし、ピンと尖った乳首をこね回す。

最初は戸惑っていた怜も、同性を乱れさせる愉しさに少しずつ目覚めていった。

「あひぃ……お、お二人とも……そんな、結構ですからっ……はううっ、ね、ねじっちゃらめれすうぅ！」

果ては乳房に顔を寄せ、伸ばした舌でレロレロと舐め転がした。口の中に含み、チュウチュウと吸い上げる。

孝道も負けてはいられない。二人の協力に感謝しながら、全神経をピストンに集中させた。雁エラでGスポットを削り、亀頭で膣の奥壁を穿《うが》つ。浅い挿入、深い挿入で、牝肉の弱点を代わる代わる責め続けた。

「ああっ、凄い、凄いわ……私も早く、欲しいぃ」

我慢できなくなったアリスが、とうとう自らの指で慰め始めた。左手で乳首をキュッキュッとつまみ、右手で恥溝をクチュクチュと撫でさする。

まさしく狂宴。楽園で繰り広げられる淫靡のカオス。

潮騒を掻き消す肉の音、粘液の音、女の悲鳴――。

孝道は必死の思いで激悦に耐えていた。すっかり忘れていたが、敦子の膣穴は一度アクメを迎えるとさらに化けるのだ。肉路が入り口から奥へと波打ち、収縮と弛緩を繰り返す。

（くっ……も、もう駄目だ……ッ！）

湧き上がる射精感が、前立腺を激しくノックし続けている。精子混じりのカウパー腺液をドクドクとちびりながら、孝道はそれでも腰の動きを緩めなかった。引き攣り戦慄く敦子のコンパスを肩に担ぎ、抱え込み、最後の最後まで力を尽くす。

子宮ごと膣路を揺さぶり、ずる剝けの勃起クリトリスを恥骨で叩き潰す。

「んおおおっ……おっほ、おおっ！　ま……ま、また……イク、イグッ……！」

息も絶え絶えに、敦子が呟く。それを聞いた瞬間に、孝道の忍耐をなんとか繋ぎ止めていた細い糸がプツンと切れてしまった。

陰嚢が迫り上がり、煮えたぎる白濁液が尿道を駆け抜ける。

「ほおぉイグッ、イグッ！　イグイグッ、ウウウゥーンッ!!」

膣奥でザーメンが爆《は》ぜるのと、敦子が白目を剝いて叫ぶのはほぼ同時だった。

なめらかな下腹が大きくうねるや、膣穴の上の尿道口から生温かい液体が噴き出した。結合部の隙間から飛沫《しぶき》が弾ける。

「ウッ……グッ……ウウーッ……！」

周期的に女体が痙攣し、そのたびに液体が飛び散った。特に匂いもないので、おそらくは潮吹きだろう。孝道も射精の発作に身を委ね、何度も何度もザーメンを注ぎ込んだ。

やがて敦子は、力尽きたように両手両脚を投げ出す。

汗、涙、よだれ、それに顔射による牡のエキス——美貌はグチョグチョになっていた。それでも幸せそうに口元を緩めたその顔は、まるで絵画のモナ・リザのような、菩薩《ぼさつ》のような、なんとも神々しい美しさを表していた。

孝道は挿入を解く。ぽっかりと開いた膣口から、逆流した液がドロリと溢れる。

尻餅をつくと、どっと疲れが来た。今ので本日五回目の射精である。これからまだ三人の女たちの相手をしなければならない。

「すみません……少し休ませてください……」

アリスが冷えたコーラの缶を持ってきてくれた。伸枝は、例の媚薬ゼリーを持参してきたそうで、それを取ってくるとコテージに駆けていく。怜は、ぐったりしている敦子を介抱している。

孝道は缶の蓋を開け、コーラを喉に流し込んだ。火照った身体が心地良く冷やされる。芝生に倒れ、大の字になった。

いつの間にか陽は沈み、わずかな西の果てを残して、藍色の夜が天上を染めていた。街の灯《あか》りが届かない場所なので、輝く星々が視界いっぱいを埋め尽くしている。その煌《きら》めきを瞳に映しながら――孝道は、呟いた。

「……綺麗だなぁ」

エピローグ

季節は冬になり——十二月二十四日、クリスマスイブ。

孝道たちは再びアリスの別荘を訪れていた。二泊三日で、聖なる夜を皆で過ごす計画である。今回は、夏の慰安旅行のメンバーに加え、二人の新しい参加者がいた。

そのうちの一人は、孝道の母、美由紀だった。

美由紀は目を丸くして、シックな造りのリビングをぐるぐると見回す。部屋の隅に設置された、飾りつけも煌《きら》びやかなツリーを見上げ、長い溜め息をこぼした。

「借金のことで助けてくださったうえ、こんな素敵な別荘にご招待してくださって……五条さん、私、あの本当に、お礼の言葉も……」

ぺこぺこと頭を下げる美由紀。アリスはセレブらしくゆったりと微笑み、お気になさらないでと言った。「私の方こそ、孝道くんにはとても感謝していますから。美由紀さんにも喜んでいただけたのなら嬉しいですわ」

孝道としては、アリスたちとの関係を、正直に母に話すわけにはいかない。そこで知り合ったきっかけは、アリスが紛失したスマホをたまたま見つけて届けた――ということにしている。

ただ、落とし物を親切に届けただけでは、話として弱い。みんなで知恵を出し合った末、そのスマホには、アリスが飼っていた犬の写真が保存されていたことにした。その犬は病気で去年死んでしまったという設定である。

アリスは孝道の家に挨拶に行き、美由紀の前で、大の愛犬家を演じて涙ながらにお礼を述べた。そして、自らが総支配人を務めているホテルのレストランに孝道と美由紀を招待した。

さらに、世間話をしながら、さりげなく借金の話を引き出し、その借金を立て替えさせてくれませんかと申し出たのだ。無利子、無期限をアリスは約束する。

美由紀は、さすがに半信半疑だった。きっと今でもそうだろう。いくら愛犬家でも、どれほどのお金持ちでも、犬の写真のお礼に一千万もの大金を立て替えてくれるものだろうか？　と。

それでも最終的にその申し出を受けたのは、借金返済のストレスが大きく削減されるという誘惑に勝てなかったからだろう。自分一人ではとても返しきれない借金を、息子のために楽にしてあげたいという母心だろう。

　孝道も、アリスの申し出には感謝した。借金を丸々肩代わりしてもらうのはさすがに申し訳ないが、立て替えてもらうだけなら、その厚意に甘えようと思った。

　ちなみに美由紀には内緒にしているが、一千万の半分は怜が出している。アリスだけ孝道の役に立つのが我慢できなかったようだ。

「――さてと、それじゃあ夕食は七時からで、それまではみんな、好きなように過ごしてちょうだい。美由紀さんも、どうぞごゆっくり」

　そのように告げてから、アリスは孝道に言った。「悪いけど、男の子の手が借りたいの。ちょっといいかしら？」

「あ、はい、もちろん」

　美由紀をゲストルームまで案内するのは、敦子にお願いする。孝道が、アリスの後に続いて歩いていくと、彼女の向かったのはバスルームだった。

「男手が必要って、なんですか？　電球の交換くらいだったら、僕でもできると思いますけど――うぷっ」

　バスルームに足を踏み入れるや否や、アリスに抱き寄せられる。唇を奪われた。

　柔らかなリップを熱烈に押し当てられ、早速舌が侵入してくる。孝道の舌に絡みついてくる。ヌチョヌチョという音が、まるで頭の中で響いているみたいだ。

欧米人らしい整った高い鼻から、熱い息を吹きかけられる。その乱れ具合から、彼女の発情っぷりが察せられた。

(着いて早々なのに、今日もアリスさんはエッチだな……)

仄かな甘みの唾液が、彼女の舌を伝ってトロトロと流れ込んでくる。孝道は喉を鳴らして飲み下した。そして、こちらからも舌を蠢かす。

「ふうぅん……んむ……んちゅ」

アリスの口内から嬉しそうな声が漏れた。ロングスカートに包まれた彼女の右脚が、孝道の股の間にグイグイと浸入してきた。

熟れ肉の太腿が、ズボンの上から陰茎をさすってくる。明らかにわざとだ。

孝道も負けじと応戦する。彼女を強く抱き締め、その背中に五本の指を這わせた。

この身体を悦ばせる方法はすでに熟知している。服越しだろうと問題ない。

アリスはピクピクと打ち震える。次に孝道は、両手を下ろしてスカートごと熟臀を鷲づかみにした。豊満な尻たぶを荒々しく揉みしだく。まるで霜降り肉をこねているような感触だ。

「ふもおっ……お、おおぉ……ううんッ」

艶めかしい呻き声と共に、アリスはチュポンと舌を引き抜いた。唾液の糸は太く、しっかりと二人を繋ぐ。

喘ぎ交じりに彼女は言った。「もう、我慢できないわ。ちょうだい、孝道」

抱擁を解き、孝道に背中を向ける。ロングスカートを裾からたくし上げる。

驚いたことに、剝き出しの真っ白な女尻が現れた。

「触り心地がちょっと変だと思ってましたが、ノーパンだったんですかっ？」

「そうよ。着いたらすぐにできるよう、家から穿かないできたの」

顔だけ振り返るアリス。赤く染まった頰が実に色っぽい。

腰を曲げて股を開く。露わになった秘唇は、もはや愛撫の必要もないほどの蜜に濡れそぼっていた。恥ずかしいぬめりの筋が太腿まで広がっている。いつからこの状態だったのか。

さぁ、早くぅと、アリスが急かす。孝道も劣情を抑えられなくなり、ファスナーを下ろして肉棒を引っ張り出す。こちらも充分に太く張り詰めている。

亀頭で割れ目を掻き分け、蜜壺の口にあてがい、いざ入らん——

としたところで、脱衣所のドアが開いた。

怜と伸枝、そして敦子だった。犯行現場を押さえた刑事の如く、どかどかとバスルームに乗り込んでくる。孝道とアリスは両目を剝いて硬直した。

だが、ほどなく正気に戻る。孝道は大慌てで屹立をズボンの中になんとか押し込み、アリスはめくっていたスカートを下ろして裾を整えた。

「なんか怪しいと思ったら、早速、抜け駆けしてたんですね」怜の口調は刺々《とげとげ》しい。

「誰がいつ、孝道くんとセックスするかは、これから話し合って決めるんじゃなかったんですか?」

どうやら孝道の知らないところで、そのような取り決めがなされていたようだ。

アリスは気まずそうに目を逸らしたが、しかしすぐに居直った。

「あ、あなたたちは明日、たくさんすればいいじゃない。私は一泊しかできないんだから、その分、今日、多めにさせてもらっても罰は当たらないでしょうッ」

クリスマスといえば、やはりホテル業界は多忙を極める時期だ。家族連れやカップルなどの宿泊客が増えるし、ディナーショーや期間限定のサービスも行う。また、長期休暇を利用してやってくる外国人観光客も多い。つまり、ホテルの総支配人であるアリスが、そうそう休みを取れる時期ではないのだ。

孝道たちは二泊三日の予定だが、アリスだけは明日の早朝で帰ることになっている。

夏のときはどうにか三連休を取ったアリスも、今回は難しかったようだ。

「事情はわかります」年上に対する敬意は払いつつ、しかし、怜は引き下がらない。

「けど、だからって勝手なことをされては困ります。孝道くんの精力には限りがあるんですから。前回のときみたいになったらどうするんです？」

夏の慰安旅行のとき、初日のバーベキューから翌日の未明まで、孝道は女たちとの乱交に狂った。媚薬ゼリーを使って、両手の指でも数え切れないほど射精し——その結果、精力を使い果たして気絶した。最終日の昼過ぎまで、ほとんどベッドから起き上がれない状態になってしまったのだ。

そのときの反省を踏まえて、今回は計画的にセックスをしようということになったそうだ。順番を決め、回数を決め、休息の時間をしっかりと考慮した性交スケジュールを立てようと。

「だったら、悪いけど今日は私に孝道を独占させてちょうだい。明日は、あなたたち三人でスケジュールを組んだらいいでしょう？」

「えぇー、私たち、明日まで我慢しなきゃいけないんですか？　そんなぁ」

伸枝が唇を尖らせる。怜も当然黙ってはいない。勝手に決めないでください！　と。

そしてアリスと怜の睨み合いが始まる。

どちらの味方をしても角が立つので、孝道はうかつに口を挟めなかった。敦子がなんとか場を収めようとする。「まあまあ、五条さんのおっしゃることもわかります。ですから、今日は五条さんをできるだけ優先して……けど、藤田さんと荒木さんの番も、一回ずつくらいは入れさせてください。どうですか？」

「敦子ちゃんは？」

「私は……」頬を赤くして、うつむく敦子。「か、帰るまでに一回だけでもさせてもらえれば……はい」

アリス、怜、仲枝の三人は、しばらく黙り込む。

だが結局は、三人とも、それで納得をした。孝道はほっとする。

「それじゃあ具体的にどんなスケジュールにしましょうか。とりあえず今日の分だけでも決めちゃいましょう」

と、そのとき、

「ママ、ねぇママ、どこぉ～？」

廊下の方から少女の声が近づいてきた。脱衣所のドアは開きっぱなしだ。

現れたのは、薄いブラウンの瞳の少女。

今回の旅行の、もう一人の新しい参加者で、アリスの娘だった。名前は恵真《えま》といい、高校一年生だという。

怪訝《けげん》な顔をする恵真。バスルームにみんなで集まって、なにしてるんだろう？　と、不思議に思っているのだろう。だが、すぐに自分の用事を思い出す。

「あ、ねぇママ、ここ電波が弱すぎなんだけど。Ｗｉ－Ｆｉないのぉ？」

「えっ……あ、あるわよ」

陸の孤島であるこの場所では、一般的な方法によるインターネットはほぼ使えなかった。その代わり、人工衛星を介した通信サービスを個人で契約していた。

「でも設定の仕方は……海堂さん、前回のときは、ど、どうしてたかしら？」

「あ、はい。じゃあ、私がお教えしますね」

アリスは機械に強くないので、夏の旅行のときも、実際のインターネットの接続などは敦子に任せていた。恵真を連れて、敦子はバスルームを後にする。

二人の足音が、廊下の向こうに遠のいていく。すると、アリスが孝道に尋ねてきた。

「どう、うちの娘は？」

「どうって……可愛いお嬢さんですね」

日本人の父親の血が濃く出たのか、恵真はブロンドではなく、ほとんど黒に近い茶髪だった。ただ、顔の作りはアリスに似ていて、西と東の女性のいいとこ取りをしたようなハーフの美少女である。

　また、母親譲りは顔だけでなく、その体つきもだった。ニットセーターの胸元は超高校級の膨らみで張り詰めていた。敦子と同じFか、あるいはそれ以上と思われる。

「気に入った？　それは良かったわ」アリスは満足げに頷き、

「じゃあ将来、あの子と結婚してくれる？」

「はい？　え……け、結婚っ!?」

　話の展開に思考が追いつかない。怜と仲枝も呆気に取られている。

「本当は、私があなたと結婚したいのよ。でも――私もさすがに今の生活を壊す度胸はないし、あなただって四十のバツイチ子持ち女と結婚はしたくないでしょう？」

　半分冗談めかしていたアリスだが、最後だけは孝道を真っ直ぐに見つめて、こう宣言した。

「だから決めたの。娘とあなたを結婚させて、あなたの義理の母親になろうって」

　彼女の本気が伝わってきたので、孝道は余計に狼狽《うろた》えた。「そ、そんな、無茶苦茶な……！」

「無茶じゃないわ。あの子、もう十六だもの。法律上はなんの問題も――」

「いや、その、法律の問題じゃなくて……恵真ちゃん、男子からモテるでしょう？　僕みたいな平凡な男、相手にしませんよ」

先ほど、集合場所の漁港で初めて顔を合わせたとき、孝道は恵真に挨拶をした。が、恵真は興味なさげに「あ、どうも」と言っただけだった。

しかしアリスは首を横に振る。男子にモテてたら、クリスマスに家族旅行なんて来ないわよ、と。どうやら同い年の男子たちは、恵真の容姿に萎縮してしまい、ろくに声もかけてこないらしい。

「大丈夫、あの子、私と考え方がそっくりだから。きっとこの別荘にいる間に、孝道のことが好きになると思うわ」

「ほ、ほんと……ですか？」

にわかには信じがたいが、あんな美少女に好かれるだなんて——正直、悪い気はしなかった。頬が赤らみ、胸が躍る。

アリスはうふふっと笑った。「そういうわけだから、私が立て替えた分の五百万円は返さなくていいわよ。親子になるんだもの。将来、私が死んだら、遺産は全部あなたにあげる」

「ちょっ、ちょっとぉ！」

言葉を失っていた怜が、ようやく我に返った。

「ア……アタシだって別に、あの五百万は返してもらわなくても構わないって思ってます！　けど、借金をチャラにする代わりに娘と結婚しろなんて、そんなゲスなこと、よく言えますね!?」

「ふふん、借金の帳消しはただのオマケよ。もちろん孝道がうちの娘を気に入らなかったら、そのときはしょうがないと諦めるわ。でも、もしそうじゃなかったら――なにか問題ある？」

「じ、自分の娘を使うなんて……ずるい！　卑怯です！」

「なにが？」アリスは冷ややかに唇の端を歪めた。「あなた……まさか自分が孝道と結婚したいとか思ってる？　若い子が相手じゃ勝ち目がないから焦ってるの？」

「そ、そういうわけじゃ……！」

怜は下唇を噛み、悔しそうにアリスを睨んだ。

ウグググと唸り声を上げ――

「わ……わかった、アタシ、家に帰ったらすぐに妊活する！」

決意の表情で、孝道に詰め寄ってくる。「絶対に女の子を産むから、五条さんのお嬢さんか私の娘か、そのときに選んで！」

「ハァ？」不機嫌そうにアリスは眉根を寄せた。「今から子作りをして、仮に女の子が生まれたとしても、その子が結婚できる十六歳になるなるまで、孝道を待たせる気？　バッカじゃないの」

「だ、誰がバカよ！　アンタだって、自分の娘の夫にしたいって子とセックスしようだなんて――し、信じらんない！　頭おかしいんじゃないッ？」

「なんですってェ！」

ついに感情を剝き出しにして対峙《たいじ》する二人。今にもつかみかかりそうな勢いだった。ついさっきの睨み合いとは比べものにならない凄みを感じる。

（ど、どうしてこんなことに……）

孝道は途方に暮れた。結婚するなんて一言も言っていないのに、二人の女が、義理の母親の座をかけて争わんとしている。

こんなときに敦子はいない。他にこの状況を収めてくれそうな人は――誰もいないわけではないが――いや、期待はできないだろう。

「こんな陸の孤島で、二人の女が男を巡って喧嘩するなんてねぇ」

案の定、仲枝は興味津々。実に楽しそうだ。そっと孝道に囁いてくる。

「今晩、ほんとに事件が起きたりしてね。ふふっ」

孝道は目を回して倒れそうになった。


（了）

※本作品はフィクションです。作品内に登場する
団体、人物、地域等は実在のものとは関係ありません。

ぼくのふしだらバイト

〈書き下ろし長編官能小説〉

2020年5月4日初版第一刷発行

著者……………………………………………九坂久太郎

デザイン…………………………………………小林厚二

発行人……………………………………………後藤明信
発行所………………………………………株式会社竹書房
〒102-0072　東京都千代田区飯田橋2－7－3
電　話：03-3264-1576（代表）
03-3234-6301（編集）
竹書房ホームページ　http://www.takeshobo.co.jp
印刷所……………………………中央精版印刷株式会社

定価はカバーに表示してあります。
乱丁・落丁の場合は当社までお問い合わせください。
ISBN978-4-8019-2250-1 C0193